AF313853

BIBLIOTHÈQUE

De M. G. Dumont

MEMBRE DE PLUSIEURS SOCIÉTÉS SAVANTES

CATALOGUE DES LIVRES

D'HISTOIRE NATURELLE

DONT LA VENTE AURA LIEU

Les 9, 10 et 11 mai 1898

Rue des Bons-Enfants, 28, Salle Silvestre

SALLE Nº 3

A HUIT HEURES PRÉCISES DU SOIR

Par le ministère de Mᵉ Maurice COUTURIER, commissaire-priseur,
rue Lepeletier, 31

Assisté de MM. J.-B. BAILLIÈRE & FILS, experts.

PARIS

LIBRAIRIE J.-B. BAILLIÈRE ET FILS

Rue Hautefeuille, 19, près le boulevard St-Germain

1898

ORDRE DE LA VENTE

Lundi 9 mai 1898, Nᵒˢ 1 à 266, 602 à 694.

Mardi 10 mai 1898, Nᵒˢ 267 à 601.

Mercredi 11 mai 1898, Nᵒˢ 695 à 1007.

Il sera vendu, à la fin de la dernière vacation, un certain nombre de lots d'ouvrages que le temps n'a pas permis de cataloguer.

CONDITIONS DE LA VENTE

Il y aura, chaque jour de vente, de DEUX à TROIS heures, exposition des livres qui seront vendus le soir.

Les acquéreurs payeront en sus du prix d'adjudication cinq centimes par franc applicables aux frais.

La vente est faite expressément au comptant.

Les livres sont vendus tels qu'ils sont annoncés ; on pourra les collationner dans la salle des ventes et dans les vingt-quatre heures qui suivront l'adjudication ; mais passé ce délai et une fois enlevés, ils ne seront repris pour aucune cause.

Les libraires experts se réservent la faculté de diviser ou de réunir les livres détachés ou groupés au catalogue, selon qu'ils le jugeront utile dans l'intérêt de la vente.

MM. J.-B. BAILLIÈRE ET FILS exécuteront les commissions qu'on voudra bien leur confier.

Catalogue des Livres d'Histoire Naturelle

I. — SCIENCES PHYSIQUES ET CHIMIQUES

1. Alglave et Boulard. La lumière électrique. 1882, 1 vol. gr. in-8, avec fig. — Becquerel (Edm.). Phénomènes électro-capillaires. 1869-1870, 2 mém. in-4. — Becquerel et Biot. Phosphorescence produite par la lumière électrique. 1839, in-4. — Charpentier (A.). La lumière et les couleurs. 1888, 1 vol. in-16, avec fig.

2. André (C.) et Rayet (G.). L'astronomie pratique et les observations en Europe et en Amérique. *Paris*, 1874-1878, 5 vol. in-18.

3. Annuaire de chimie. 1845-1851, 7 vol. in-8.

4. Becquerel. Traité de l'électricité et du magnétisme. 1834-1840, 7 tomes en 8 vol. in-8.

5. Bouant (E.). Nouveau dictionnaire de chimie. 1889, 1 vol. gr. in-8, avec fig.

6. Bouant (E.). Diccionario de Quimica. *Barcelone*, 2 vol. gr. in-8, avec fig.—Robin (E.). Compendio de filosofia quimica. 1865, 1 vol. in-8.

7. Buels (Ed). Téléphonie et télégraphie simultanées. *Bruxelles*, 1885, 1 vol. in-18, avec pl. — Mercadier (E.). Télégraphie électrique. *Paris*, 1880, 1 vol. in-18, avec fig.

7 *bis*. Bulletin du Ministère des Travaux publics. Statistique, législation comparée. Janvier 1884 à oct. 1885, 22 fascicules in-8.

8. Claudel (J.). Formules et renseignements usuels. Aide-mémoire des ingénieurs, des architectes, etc., 6e édit. *Paris*, 1864, 1 vol. in-8, avec pl. rel. — Laffineur (J.). Guide de l'ingénieur agricole. 1 vol. in-18, avec pl. — Poutiers (A.). Manuel du menuisier-modeleur. 1 vol. in-18, avec fig.

9. Dallet (G.). Le soleil, les étoiles. 1890, 1 vol. gr. in-8, avec fig.

10. De La Rive (A.). Traité d'électricité. 1854-1858, 3 vol. in-8, avec fig.

11. Dubrunfaut. L'osmose et ses applications industrielles. 1873, 1 vol. in-8, avec pl. — Labarraque. L'art du boyaudier. 1822, 1 vol. in-8. — Chevallier (A.). L'art de préparer les chlorures. *Paris*, 1829, 1 vol. in-8. — Descroizilles. L'alcalimètre. 1818, 1 vol. in-8. — Saintpierre (C.). L'industrie du département de l'Hérault. *Montpellier*, 1865, 1 vol. in-18. — Lequin, Roux, etc. Exposition universelle de 1889. Produits chimiques. 1891, 1 vol. gr. in-8.

12. Gerhardt (Ch.). Chimie organique. *Paris*, 1844-1845, 2 vol. in-8. — Mialhe. Chimie appliquée. 1856, 1 vol. in-8. — Beugnot. Chimie. 1838, 1 vol. in-8, avec 2 pl. — Becquerel (A.) et Rodier. Chimie. 1854, 1 vol. in-8. — Boullay. Éthers. 1815, 1 vol. in-8.

13. Germinet. Le chauffage par le gaz. 1 vol. in-18, avec fig. — Poutiers (A.). Manuel du menuisier-modeleur. 1 vol. in-18, avec fig. — Issalène (E.). Manuel militaire des chemins de fer. *Paris*, 1873, 1 vol. in-18, avec fig.

14. Gréhant (N.). Physique médicale. 1869, 1 vol. in-18, avec fig. — Ferran. Examen de la physique au point de vue de la biologie. 1865, 1 vol. in-18. — Smée (A.). Electricité médicale. 1850, 1 vol. in-18, avec pl.

15. Guillemin (A.). Le monde physique. 1881-1884, 5 vol. gr. in-8, avec fig., et pl.

16. Guillemin (A.). Le beau et le mauvais temps. 1887, 1 vol. in-18, avec fig. — Laurencin (P.). La pluie et le beau temps. 1874, 1 vol. in-18, avec fig. — Zurcher et Margollé. Le monde sidéral. 1878, 1 vol. in-18, avec fig.

17. Kastner (F.). Les flammes chantantes. Théorie des vibrations. 3e édit. 1876, 1 vol. in-18. — Serre. Essai sur les phosphènes. *Paris*, 1853, 1 vol. in-8, avec fig. — Robin (Ed.). Lois qui régissent les propriétés physiques. 1853, 1 vol. in-8.

18. Liebig (J.). Traité de chimie organique. 1840-1844, 3 vol. in-8.

19. Liebig (J.). Lettres sur la chimie. 1845, 1 vol. in-18. — Classen (A.). Analyse qualitative. 1875, 1 vol. in-8. — Gmelin (L.). Chimie organique. 1823, 1 vol. in-8.

20. Malagutti (F.). Leçons de chimie. 3e édition. 1863, 4 tomes reliés en 2 vol. in-18, avec fig.

21. Nederlandsch meteorologisch jaarboek voor 1872-1875-1876, 3 vol. in-4 oblong. — Marche annuelle du thermomètre et du baromètre en Néerlande. 1875, 1 vol. in-4.— Observations météorologiques des stations dans les Pays-Bas. 1877, 1 vol. in-4.

22. Odling (W.). Manuel de chimie. *Paris*, 1868, 1 vol. in-8. — Pelouze et Frémy. Notions générales de chimie. *Paris*, 1853, 1 vol. in-8, avec atlas de 24 pl. col. — Le Noir. Chimie. 1 vol. in-18, avec fig.

23. Onimus (E.) et Legros (Ch). Electricité médicale. *Paris*, 1872, 1 vol. in-8, avec fig. — Toutain. Electricité médicale. *Paris*, 1870, 1 vol. in-18. — Smée (A.). Electricité médicale. 1850, 1 vol. in-18, avec pl. — Izarn (J.). Manuel du galvanisme. 1804, 1 vol. in-8, avec pl. — Van Holsbeek (H.). Electricité médicale. *Bruxelles*, 1860, 1 vol. in-18.

24. Orfila. Eléments de chimie. 7 édit. 1843, 2 vol. in-8. — Traité de toxicologie. 4e édit. 1843, 2 vol. in-8.

25. Pionchon (J.). Systèmes de mesures usités en physique. 1891, 1 vol. gr. in-8. — Nederlandsch meteorologisch jaarboek voor 1875. 1 vol. in-4 oblong. — Marche annuelle du thermomètre et du baromètre en Néerlande. 1876, 1 vol. in-4. — Hall (J.). La compression peut modifier l'action de la chaleur. *Genève*, 1807, 1 vol. in-8, avec pl. — Sigaud de La Fond. Différentes espèces d'air fixe ou de gaz. 1785, 1 vol. in-8, avec 8 pl.

26. Sestier (F.). La foudre, ses formes et ses effets. 1866, 2 vol. in-8.

27. Thénard (L.-J.). Traité de chimie. 4ᵉ édit. 1824, 5 vol. in-8, avec pl. — Klaproth et Wolff (F.). Dictionnaire de chimie. Traduction par Bouillon-Lagrange et Vogel. 1810, 4 vol. in-8, avec pl.

28. Tripier. Manuel d'électrothérapie. 1861, 1 vol. in-18. — Annales d'électrothérapie. 1863-1864, 1 vol. gr. in-8, avec fig.— Remak. Galvanothérapie. *Paris*, 1860, 1 vol. in-8. — Cyon. Electrothérapie. *Paris*, 1873, 1 vol. in-8. — Seiler. Galvanisation. *Paris*, 1860, 1 vol. in-8.

29. Tunzelmann (de). Electricity in modern Life. *London*, 1889, 1 vol. in-18, avec fig. cart. — Gordon. Static electric induction. *London*, 1879, 1 vol. in-18, avec fig. cart. — Thomson (Th.). Sciences of heat and electricity. 2ᵉ édit. *London*, 1840, 1 vol. in-8 cart. — Pereira (J.). Polarized Light. 2ᵉ édit. *London*, 1854, 1 vol. in-18, avec fig. cart.

30. Verdet et Berthelot. Leçons de chimie et de physique. *Paris*, 1863, 1 vol. in-8. — Zuchold et Ruprecht. Bibliotheca chemica. 1859-1872, 2 vol. in-8. — Barruel (G.). Chimie technique. T. I. 1856, 1 vol. in-8. — Barreswill et Sobrero. Appendice à tous les traités d'analyse chimique. 1843, 1 vol. in-8.

31. Volta et Penso. Machine ed apparecchi elettrici. *Milano*, 1889, 1 vol. in-18, avec fig. — Grillo (P.). Tracciamento delle curve circolari. *Catania*, 1891, 1 vol. in-18, cart.

II. — SCIENCES NATURELLES

32. Baster (J.). Opuscula subseciva, observationes miscellaneas de animalculis et plantis. *Haarlemi*, 1762-1765, 5 parties en 1 vol. in-4, avec pl. rel. — Caneparius (P.-M.). De Atramentis cujuscunque generis. *Londini*, 1660, 1 vol. in-4. rel.

33. Bellon (P.). Plurimarum singularium et memorabilium rerum in Graecia, Asia, Aegypto, India, Arabia. *Antverpiae*, 1589, 1 vol. in-18, avec fig. rel.

34. Bonnet (V.). Analyse microscopique des denrées alimentaires. 1890, 1 vol. in-18, avec fig. et 20 pl. en chromo. cart.

35. Bowdich (E.). Excursions dans les îles de Madère et de Porto-Santo. 1826, 1 vol. in-8, et atlas in-4 de 22 pl.

36. Bulletin de la Société d'acclimatation de France, janvier à octobre 1897, in-8. — Journal des savants. Février à décembre 1897, in-4. — Deniker (J.). Bibliographie des travaux scientifiques. T. I, 2ᵉ livr. 1897, in-4. — Annuaire du bureau des longitudes. Années 1897 et 1898, 2 vol. in-32. — Passy (L.). Mélanges scientifiques et littéraires. 3ᵉ série. 1896, 1 vol. in-8.

37. Capus et de Rochebrune. Guide du naturaliste préparateur et du voyageur scientifique. 2ᵉ édit. 1883, 1 vol. in-18. avec fig. cart.— Virey. Philosophie de l'histoire naturelle. 1835, 1 vol. in-8. — Delacroix (E.). Précis d'histoire naturelle. 1854, 1 vol. in-12, avec fig.

38. Cauvet. Histoire naturelle médicale. 3ᵉ édit. 1885, 2 vol. in-18, avec fig.

39. Cauvet. Nouveaux éléments de matière médicale. 1887, 2 vol. in-18, avec fig.

40. Dictionnaire des sciences naturelles, sous la direction de Cuvier. 1816-1830, 61 vol. in-8 de texte avec atlas in-8, contenant 1220 pl.

41. Dictionnaire classique d'histoire naturelle, par Brongniart, Edwards, Férussac, Jussieu, etc., 1824-1839, 16 vol. in-8, avec 160 pl. col.

42. Dollo (L.). La vie au sein des mers. 1890, 1 vol. in-16, avec fig. — Coupin (H.). L'aquarium d'eau douce et ses habitants. 1 vol. in-18, avec fig.

43. Duval (M.). Technique microscopique et histologique. 1 vol. in-16, avec fig. — Couvreur. Le microscope et ses applications. 1888, 1 vol. in-16, avec fig. — Moitessier. La photographie appliquée aux recherches micrographiques. 1866, 1 vol. in-18, avec fig. et 3 pl.

44. Eloges, Notices et Travaux scientifiques de Bonnier, Laborde, Lapparent, François-Franck, Brouardel, etc., 31 br. in-4.

45. Favre (H.). Développement de la série naturelle. 1856, 2 vol. in-18.

46. Feuille des jeunes naturalistes. 1879 à 1894, rel. en 5 vol. gr. in-8. — 1895 à 1897 en nᵒˢ.

46 bis. Feuille des jeunes naturalistes. 1881 à 1890, rel. en 1 vol. gr. in-8. (Manque nᵒ 158).

47. Godron (D.-A.). De l'espèce et des races dans les êtres organisés. 2ᵉ édition. 1872, 2 vol. in-8.

48. Guibourt et Planchon. Histoire naturelle des drogues simples. 7ᵉ édit. 1876, 4 vol. in-8, avec fig.

49. Huxley (Th.). Sciences naturelles et éducation. 1891, 1 vol. in-16. — Science et religion. 1893, 1 vol. in-16.

49 bis. Issel (A.). Crociera del *Violante*. Parte narrativa. Geologia della Galita. Molluschi. *Genova*. 1880, 1 vol. gr. in-8, avec 1 carte col.

50. Journal of microscopical science (Quarterly). *London*, 1853 à 1855, 3 vol. in-8, avec pl.

51. Journal of microscopical science (Quarterly). T. I. 1853. — Transactions of the microscopical Society. T. I. *London*, 1853. — Ens. 1 vol. in-8, cart.

52. Journal of microscopical science (Quarterly). 14 nᵒˢ divers des années 1852 à 1855. *London*, in-8, avec pl. — Microscopical journal (The monthly). Déc. 1873. Janv., mars, avril 1874. Févr. à mai 1877. *London*, in-8, avec pl.

53. Liebig (J. de). Lord Bacon, et les sciences d'observation au moyen-âge. 1894, 1 vol. in-18. — Millon (E.). Sa vie, ses travaux

de chimie et ses études économiques et agricoles sur l'Algérie. 1870, 1 vol. gr. in-8, avec portrait. — Delavaud (C.). Sciences du monde matériel. 1875, in-8.

54. Mandl (L.) et Ehrenberg. Traité du microscope. 1839, 1 vol. in-8, avec 14 pl. — Donné. Cours de microscopie. 1844, 1 vol. in-8. — Michel. Le microscope. 1857, in-4, avec 5 pl. — Frey. Le microscope. 1867, 1 vol. in-18, avec fig. — Chevalier (Ch.). Des microscopes et de leur usage. 1839, 1 vol. gr. in-8, avec 5 pl. — Lacauchie. Hydrotomie. 1853, in-8 avec 6 pl. — Études hydrotomiques et micrographiques. 1844, in-8, avec 4 pl. — Saurel. Du microscope. 1857, in-8, 148 p.

55. Mémoires de l'Académie des sciences, inscriptions et belles-lettres de Toulouse. — 6e série, T. IV à VI, 1866-1868. — 7e série, T. II, IV, VIII à X, 1870-1878. — 8e série, T. III à X, 1881-1888. — 9e série, T. I à IX, 1889-1897. Ens. 25 vol. in-8.

56. Mémoires du Muséum d'Histoire Naturelle de Paris. 1815-1830, et table, 21 vol. in-4, avec pl.

57. Mémoires de la Société nationale des sciences naturelles de Cherbourg. T. XXVI, 1889, 1 vol. in-8.

58. Microscope. 11 br. in-8, par Fresnel, Logan, Good, Cutter, etc.

59. Naturalista Siciliano (Il.). 1881, n° 1. — 1883, nos 4, 6 à 12. — 1884, nos 1 à 12. — 1885, nos 1 à 12. — 1886, nos 1 à 4, 12. — 1887, nos 3 à 10, 12. — 1887, nos 1 à 3. — *Palerme*, in-4.

60. Naturaliste (Le). 1879 à 1894, rel. en 8 vol. gr. in-4. — 1895 à 1897 en nos.

60 *bis*. Naturaliste (Le). 1894-1895. nos 174 à 210. (Manque nos 196-197). Gr. in-4.

61. Pritchard (A.). The microscopic cabinet. *London*, 1832, 1 vol. in-8, avec 13 pl. col. — Needham. Nouvelles observations microscopiques. *Paris*, 1750, 1 vol. in-18, avec pl. rel. — Adams (G.). Essays on the microscope. 2e édit. *London*, 1798, 1 vol. in-4.

62. Revue scientifique du Limousin. Année 1897, gr. in-8. — Revue des Travaux scientifiques. Années 1895 et 1896, 2 vol. gr. in-8.

63. Revue des Sociétés savantes. 2e série, T. VII, VIII, X, 1873-1876. — 3e série, T. I, livr. 2 à 4. T. II, livr. 1 à 3. T. III, 1876-1880. — Table générale, 1885, 1 vol. — Ens. 7 vol. gr. in-8.

64. Revue des Sociétés savantes des départements. 7e série, T. VI, 1882. — Bulletin de la Société des sciences physiques et naturelles de Toulouse. T. VII. — Mémoires de l'Académie des sciences de Toulouse. 9e série, T. II, 1890. — Ens. 3 vol. in-8.

65. Revue des Travaux scientifiques. T. II à IX, XV à XVII, 1881-1888, 1894-1896, 11 vol. gr. in-8 (manque n° 3, 1881). — Nos 8 à 12, 1885. — Nos 1 à 10 et 12, 1886. — Nos 1 à 3, 6 à 12, 1887. — Nos 1, 2, 8 à 10, 12, 1888. — Nos 1 à 5, 9 à 11, 1894. — Nos 5 à 7, 1895. — Nos 10 à 12, 1896.)

66. Sciences naturelles et physiques. 20 br. in-8 et in-4, par Ch. Janet, Lauth, Babelon, Dufau, Albert Vandal, etc.

67. Tchihatchef (P. de). Asie Mineure. Description physique de cette contrée. — Géographie physique. 1866, 1 vol. gr. in-8, avec 12 planches, 1 carte de l'Asie Mineure en 2 feuilles in-plano jésus,

et atlas in-4 de 28 pl. — Climatologie et zoologie. 1866, 1 vol.
gr. in-8 avec 4 pl. — Botanique. 1866, 2 vol. gr. in-8 et atlas in-4
de 44 pl. — Géologie et Paléontologie. 4 vol. gr. in-8, avec une
carte in-plano colombier, et atlas in-4 de 21 pl. Ouvrage complet.

68. Voyage autour du monde sur la frégate *la Vénus*, par Dupetit-
Thouars. — Relation historique, 4 vol. in-8 avec 70 pl. in-fol. en
partie col. — Zoologie, 1 vol. in-8 avec 75 pl. in-fol. col. — Botanique, 1 vol. in-8 avec 28 pl. in-fol. — Physique et hydrographie,
5 vol. in-8.

69. Worm (O.). Museum Wormianum. *Ludg. Batav.*, 1655, 1 vol.
in-fol. avec fig. rel. parchemin.

I. — GÉOLOGIE

I. — Traités généraux et Sociétés savantes

70. Annales des Mines. 2e série, T. I à IV, 1827-28. — 3e série,
T. I à IV, XIII à XVIII, 1832-40. — 4e série, T. XIX-XX, 1851.
— 5e série, T. VIII, XVII-XVIII, XIX-XX, 1855-61. — 6e série,
T. I à XIV, 1862-68. — Ens. 35 vol. in-8.

71. Archiac (d'). Histoire des progrès de la géologie. *Paris*, 1847-
1860, 8 tomes en 9 vol. in-8.

72. Bertrand (Al.). Lettres sur les révolutions du globe. 5e édit.
1839, 1 vol. in-8 avec pl. — Dalmas. La cosmogonie et la géologie.
Lyon, 1852, 1 vol. in-8, avec pl. — Serres (M. de). Cosmogonie
de Moïse comparée aux faits géologiques. 3e édit. 1859, 2 vol. in-8.

73. Boué (A.). Mémoires géologiques et paléontologiques. 1832
1 vol. in-8, avec 4 pl.

74. Brehm. La Terre avant l'apparition de l'homme. 1894, 1 vol. gr.
in-8 avec figures.

74 *bis*. La Terre, les mers et les continents. 1893, 1 vol. gr. in-8,
avec fig.

75. Buckland (W.). La géologie et la minéralogie dans leurs rapports avec la théologie. 1838, 2 vol. in-8 avec 69 pl.

76. Contejean. Éléments de géologie et de paléontologie. 1874, 1 vol.
in-8 avec fig.

77. Daubrée (A.). Progrès de la géologie expérimentale. 1867, gr.
in-8. — Géologie. 4 br. in-8. — Delesse. Géologie. 2 br. in-8.

78. De La Bêche (H.-T.). Manuel géologique. 2e édit. 1833, 1 vol.
in-8. — Omalius d'Halloy. Introduction à la géologie. *Paris*, 1834,
1 vol. in-8, avec atlas in-4 de 17 pl., et tableaux.

79. Dollfus-Ausset. Matériaux pour l'étude des glaciers. T. I, 3e partie, Auteurs. — T. VII, Tableaux météorologiques. 1867-1868, —
2 vol. gr. in-8.

80. Figuier (L.). La Terre avant le déluge. *Paris*, 1866, 1 vol. gr. in-8 avec fig., pl. et cartes. — La Terre et les Mers. *Paris*, 1864, 1 vol. gr. in-8 avec fig. et pl.

81. Fouqué. Tremblements de terre. 1889, 1 vol. in-16 avec fig. — Huxley. Problèmes de la géologie et de la paléontologie. 1892, 1 vol. in-16, avec fig.

82. Geological Magazine (The). T. I et II, 1864-1865, in-8.

83. Geological Society (The Quarterly Journal of the). 1861, T. XVII, part. 2 et 3. — 1862, T. XVIII, part. 2 à 4. — 1863, T. XIX, part. 2 à 4. — 1864, T. XX, part. 1 et 2. In 8. — Ormerod (W.). A classified index to the transactions, proceedings and quarterly journal of the geological Society of London. 1858, 1 vol. in-8 cart.

84. Geological Society of London (Proceedings of the). T. I (1826-1833), in-8, 502 p.; T. II (1833-1838), in-8, 706 p.; T. III (1838-1841), in-8, 423 p.; T. IV (1842-1843), part. I, in-8, 224 p.

85. Geological Society of Manchester (Transactions of the). T. I à III, 1841-1862, 3 vol. in-8 avec cartes et pl. cart.

86. Geological Survey of the United Kingdom (Memoirs of the). Figures and descriptions illustrative of British organic remains. Decades 1 à 6 et 8. *London*, 1849 à 1855, gr. in-8, avec 70 pl.

87. Geological Survey of Canada. *Toronto*, 1857, 1 vol. in-8, avec cartes et atlas in-4 de 22 cartes contenant le plan des lacs et rivières. — Geological Survey of Canada. *Toronto*, 1858, 1 vol. in-8, avec cartes. — Exploration géologique du Canada. 1863 à 1866, 1 vol. gr. in-8. — Logan (E.). Esquisse géologique du Canada. 1867, in-8.

88. Géologie. 18 br. in-8 et in-4, par Martel, Vasseur, Zeiller, Lapparent, etc.

89. Glaciers. 18 br. in-8 par Desor, Martins, Billy, Morlot, Agassiz.

90. Lecoq. Géologie et hydrographie. 1838, 2 vol. in-8, avec 8 pl. — Géographie physique et météorologie. 1836, 1 vol. in-8, avec 4 pl. — L'eau sur le plateau central de la France. 1870, 1 vol. in-8 avec 6 pl.

91. Meunier (S.). Le ciel géologique. 1871, 1 vol. in-8. — Reclus (E.). Les phénomènes terrestres. Les continents, les mers et les météores. 1874-1875, 2 vol. in-18, avec fig.

92. Neumayr (M.). Erdgeschichte. *Leipzig*, 1887, 2 vol. gr. in-8, avec fig. et pl.

93. Omalius d'Halloy. Eléments de géologie. 1831, 1 vol. in-8. — Boubée (N.). Géologie. 5e édit. 1866, 1 vol. in-18. — Huot. Géologie. Atlas de 24 pl. in-8. — De Luc (A). Abrégé de géologie. 1816, 1 vol. in-8.

94. Perrey (A.). Les tremblements de terre. 1865-1867, 2 parties in-8.

95. Reboul. Géologie. 1835, 1 vol. in-8, avec pl. — Géologie de la période quaternaire. 1833, in-8. — Le Canu. Eléments de géologie. 1857, 1 vol. in-18.

96. Renoir (C.). Eléments de géognosie. *Besançon*, 1855, 1 vol. in-8.

— Rozet. Cours de géognosie. 1830, 1 vol. in-8, avec 7 pl. - D'Aubuisson de Voisins. Traité de géognosie. *Paris*, 1828, 2 vol. in-8, avec 9 planches.

97. Rivière (A.). Eléments de géologie. 1839, 1 vol. in-8, avec 12 pl., ou cartes col. — Classification rationnelle des terrains. *Paris*, 1848, 1 vol. in-8.

98. Rouquairol. Le globe terrestre reconnu vivant. 1848, 1 vol. in-8. — Travanet (de). Physiologie de la terre. *Bourges*, 1844, 1 vol. in-8. — Weinberg (J.). La genèse et le développement du globe terrestre et des êtres organisés qui l'habitent. *Varsovie*, 1884, 1 vol. in-8.

99. Société géologique de France (Bulletin de la) — 1re série. T. I à III, VII à XIV. — 2e série. T. I. III, IV, VII à XXIX. — 3e série. T. I à XIII, 1830 à 1885. — Ens. 50 vol. in-8 et gr. in-8 (manque 1re série, table des T. I, II, III, X. — Feuilles 30 à 33 et table du T. XI — 2e série. Table du T. I.)

100. Société géologique de France (Bulletin de la). T. XXIV, 1896, nos 10 et 11. T. XXV, 1897, nos 1 à 7.

101. Société géologique de France. — Réunions extraordinaires de : Epinal, 1847. — Le Mans, 1850. — Valence, 1854. — Joinville, 1856. — Lyon, 1859. — Besançon, 1860. — Saint-Gaudens, 1862. — Marseille, 1864. — Bayonne, 1866. — Ens. 9 vol. in-8.

102. Vézian (A.). Prodrome de géologie. Livres I et III. 1862, 2 vol. in-8. — Delage (A.). Géologie. 1 vol. in-18, avec fig. et carte. — Noguès (A.-F.). Géologie appliquée. 1870, 1 vol. in-8, avec fig. — Gautier (A.). Introduction à l'étude de la géologie. 1853, 1 vol. in-8.

103. Vogt (C.). Lehrbuch der geologie und petrefactenkunde. *Braunschweig*, 1866-1873, 2 vol. in-8, avec fig.

104. Volcans. 7 br. in-8 et in-4, par Sainte-Claire-Deville, Thoroddsen, Saussure, etc.

105. Volcans. 8 br. in-8 et in-4, par Pomel, Darwin, Laugier, etc.

106. Walckenaer (C.-A.). Cosmologie ou description générale de la terre. 1815, 1 vol. in-8. — De Luc (J.-A.). Lettres sur les montagnes. *La Haye*, 1778, 1 vol. in-8. — Castel. Théorie de la terre. An VII, 2 vol. in-18.

107. Zimmermann. Le monde avant la création de l'homme. 1856, 1 vol. in-8, avec fig. et 3 pl.

II. — Géologies régionales

108. Barrois (Ch.). Terrain crétacé supérieur de l'Angleterre et de l'Irlande. 1877, 1 vol. in-4, avec 3 cartes et coupes

109. Bertrand. Topographie du Puy-de-Dôme. 1849, 1 vol. in-8. — Breton. Etude géologique du sud de la concession de Dourges. 1872, in-8, 67 p., avec 2 pl.

110. Bleicher (M.-G.). Les Vosges. 1890, 1 vol. in-16, avec fig. — Résal (H.). Statistique géologique, minéralogique et métallurgique du

Doubs et du Jura. 1864, 1 vol. in-8.— Godron. Passage des eaux et des alluvions de la Moselle dans les vallées de la Meurthe.1876-1877, 2 parties in-8.

111. Bouillet (J.). Description de la haute Auvergne. 1834,1 vol.in-8, avec atlas de 35 pl. — Coquand (H.). Carte géologique de la Charente. In-folio. Coloriée.

112. Brongniart (Alex.). Terrains de sédiments calcaréo-trappéens du Vicentin. 1823, in-4, avec 6 pl. — Kaolins. 1839-1841, 2 parties in-4, avec 6 pl. col.

113. Coquand (H.). Géologie et paléontologie de la région sud de la province de Constantine. 1862, 1 vol. in-8, avec 35 pl.

114. Delvaux (E.). Session extraordinaire de la Société géologique de Belgique à Audenarde, Renaix, Flobecq et Tournai. *Liège,*1885, gr. in-8, avec 3 pl. et 1 carte. — Congrès géologique. Unification de la nomenclature et des figures géologiques. *Bologne,*1881, in-8, 144 p.

115. Dollfus (F.-G.). Etendue des terrains tertiaires dans le bassin anglo-parisien et esquisse des terrains tertiaires de la Normandie. 1880, gr. in-8, 68 p., 1 carte. — Rivière (A.). Etudes géologiques faites aux environs de Quimper. 1838, in-8, avec 2 cartes col.

116. Dufrénoy et Elie de Beaumont. Groupes du Cantal et du Mont-Dore. 1883, in-8, 94 p., 2 cartes col. — Magnan (H.). Formations secondaires des bords du plateau central de la France entre les vallées de la Vère et du Lot. 1869, in-8, 83 p., 1 pl. col. — Lecoq et Bouillet. Structure géologique et minéralogique du groupe des Monts Dores. 1831, in-8, 47 p., 5 pl. col. — Bonnard (de). Faits géognostiques qui accompagnent le gisement du terrain d'Arkose à l'est du plateau central de France. 1828, in-8, 106 p., 3 pl.

117. Dumont (A.). Mémoire sur les terrains Ardennais et Rhénan de l'Ardenne, du Rhin, du Brabant. *Liège,* s. d., 1 vol. in-4 de 451 p.

118. Erdmann (A.). Sveriges. Quartara Bildningar. 1868, 1 vol. gr. in-8, 298 pp. avec atlas gr. in-4 de 14 cartes col. — Geologiska Foereningens. Stockholm Foerhandlingar. 1872-1876, 3 vol. in-8, avec nombreuses pl.

119. Falsan (A.). Les Alpes Françaises. 1892-1893, 2 vol. in-16, avec fig.

120. Faujas-Saint-Fond (B.). Voyage en Angleterre, en Ecosse et aux îles Hébrides. *Paris,* 1797, 2 vol. in-8.

121. Géologie de l'Afrique et de l'Algérie. 8 br. in-8 et in-4,par Ville, Virlet d'Aoust, Maillard, etc.

122. Géologie de l'Allemagne. 12 br. in-8 et in-4, avec pl. par d'Archiac, Deluc, Faujas-Saint-Fond, etc.

123. Géologie des Alpes. 16 br. in-8, par Collegno, Renevier, Favre, Mayer, Desor, etc.

124. Géologie d'Alsace-Lorraine. 8 br. in-8, par Collomb, Pomel, Marcou, Raulin, etc.

125. Géologie de l'Amérique. 11 br. in-8 et in-4, avec pl., par Deville, Logan, Cordier, Bayley, Jackson, etc.

126. Géologie de l'Amérique. 12 br. in-8 et in-4, par Desor, Humboldt, Duchassaing, etc.

127. Géologie de l'Angleterre. 15 br. in-8 et in-4, par Fitton, Scouler, Hunt, etc.

128. Géologie des Ardennes. 11 br. in-8, par Buvignier, Melleville, Renevier, Omalius d'Halloy, etc.

129. Géologie de l'Asie. 8 br. in-8 et in-4, par Viquesnel, Lartet, Laugier, etc.

130 et 131. Géologie de l'Autriche. 8 br. in-8, par Zeuchner, Boué, Gilbert, etc.

132. Géologie de la Belgique. 11 br. in-8, par Dewalque, Gosselet, Delesse, etc.

133. Géologie de la Bourgogne. 11 br. in-8, par Ebray, Rozet, Leymerie, Raulin, D'Archiac, etc.

134. Géologie de la Bretagne. 15 br. in-8, par Dalimier, Rouault, Oehlert, Durocher, etc.

135. Géologie des environs de Paris. 9 br. in-8 et in-4, par Coquand, Roys, C. Prévost, etc.

136. Géologie des environs de Paris. 10 br. in-8, avec pl., par Hébert, Verneuil, Douvillé, Ch. Janet et J. Bergeron, etc.

137. Géologie de l'Espagne et du Portugal. 10 br. in-8, par Collegno, Delgado, Barrois, Choffat, etc.

138. Géologie de la France. 14 br. in-8, par Hébert, Stanislas Meunier, Fournet, C. Prévost, etc.

139. Géologie de la Grèce et de la Turquie. 10 br. in-8, par Verneuil, Boblaye, Viquesnel, Boué, etc.

140. Géologie de l'Italie. 14 br. in-8, par Collegno, Mortillet, Pilla, Bianconi, etc.

141. Géologie de l'Italie centrale. 13 br. in-8, par Stefani, Bianconi, Collegno, Corsi, etc.

142. Géologie de l'Italie Méridionale. 12 br. in-8, par Catullo, C. Prévost, Gregorio, Nardo, Bianconi, etc.

143. Géologie du Jura. 12 br. in-8, par Hébert, Marcou, Lory, Collomb, etc.

144. Géologie du Lyonnais et du Mâconnais. 15 br. in-8, avec pl. par Ebray, Fournet, Leymerie, Tournouer, Falsan, etc.

145. Géologie de la Normandie, de la Picardie et du Boulonnais. 14 br. in-8, par Ch. Barrois, Dormoy, Milleville, Laubrière (avec 2 pl.), Hébert, etc.

146. Géologie du Plateau central. 10 br. in-8, par Ebray, Pomel, Damour, Leymerie, etc.

147. Géologie de la Provence. 14 br. in-8, par Hébert, Matheron, Coquand, Marcel de Serres, etc.

148. Géologie des Pyrénées. 12 br. in-8, par Coquand, Hébert, Marcel de Serres, Leymerie, etc.

149. Géologie de la Russie. 10 br. in-8 et in-4, avec pl., par Viquesnel, Meyendorf, Marcou, etc.

— 13 —

150. Géologie du S.-O. de la France. 14 br. in-8, par Collegno, Coquand, D'Archiac, Delbos, etc.

151. Géologie de la Suède, de la Laponie, de l'Islande, etc. 11 br. in-8, par Martins, Desor, Guerne, etc.

152. Géologie de la Suisse. 16 br. in-8, par Bianconi, Desor, Martins, Agassiz, etc.

153. Géologie des Vosges. 14 br. in-8, par Daubrée, Collomb, Lory, etc.

154. Grange (J.). Géologie, minéralogie et géographie physique du voyage au Pôle sud et dans l'Océanie. 1848, 1 vol. in-8. — Geologie d'Australie, 1 br. in-4.

155. Grange (J.). Recherches sur les glaciers, les glaces flottantes, et sur les dépôts erratiques. 1847, 1 vol. gr. in-8. — Hogard (H.). Principaux glaciers de la Suisse. *Strasbourg*, 1854, gr. in-8.

156. Hogard. Glaciers et formations erratiques des Alpes de la Suisse. 1858, 1 vol. gr. in-8, avec atlas in-fol. de 35 pl. noires et col.

157. Hogard. Terrain erratique des Vosges. 1851, 1 vol. gr. in-8. — Formations erratiques. 1858, 1 vol. gr. in-8, avec atlas in-folio de 19 pl. — Description minéralogique et géologique des régions granitiques et arénacées du système des Vosges. 1837, atlas in-fol. de 13 pl.

158. Kœchlin-Schlumberger et Schimper. Mémoire sur le terrain de transition des Vosges. *Strasbourg*, 1842, 1 vol. in-4, avec 30 pl.

159. Lartet (L.). Géologie de la Palestine. 1870, 1 vol. gr. in-8. — Raulin. Description physique de l'île de Crète. Introduction. *Bordeaux*, 1858, 1 vol. gr. in-8.

160. Lecoq. Volcan de Pariou. 1838, in-8, avec fig. — La lune de l'Auvergne. 1864, gr. in-8. — Les saisons. 1854, gr. in-8.

161. Leymerie (A.). et Cotteau. Le Type Garumnien des Petites Pyrénées et de la Haute-Garonne. 1877, gr. in-8, 72 p., 6 pl. — Vidal (M.). Terreno garumnense de Cataluna. *Madrid*, 1874, gr. in-8, 39 p., 7 pl. — Ribeiro (C.). Terrain quaternaire des bassins du Tage et du Sado. 1866, gr. in-4, 166 p., avec carte.

162. Lincklaen (L.). Geology of New-York. 1861, in-8, 84 p., 19 pl. — Jackson. Descriptive catalogue of the photographs of the United States geological Survey. *Washington*, 1875, gr. in-8, 81 p., avec pl.

163. Maravigna (C.). Histoire naturelle de la Sicile. 1838, in-8, avec 6 pl. — Ferrara (F.). Storia naturale della Sicilia. *Catania*, 1813, 1 vol. in-4. — Della Torre. Storia e fenomeni del Vesuvio. *Napoli*, 1755, 1 vol. in-4 avec 8 pl.

164. Maravigna. Orittognosia Etnea. 1838, in-8. — Tavole sinottiche de l'Etna. In-fol. — Malherbe. Ascension de l'Etna. 1851, in-8.

165. Meunier (St.). Géologie des environs de Paris. 1875, 1 vol. in-8, avec fig.

166. Mortillet (G. de). Terrains du versant italien des Alpes comparés à ceux du versant français. 1862, in-8, 60 p., 1 tableau. — Bruun-Neergaard (T.-C.). Journal du dernier voyage du citoyen Dolomieu dans les Alpes. *Paris*, 1802, 1 vol. in-8. — Wild (S.). Essai sur la montagne salifère du gouvernement d'Aigle situé dans

le canton de Berne. 1788, 1 vol. in-8. cart. — Vallée. Du Rhône et du lac de Genève. 1843, 1 vol. in-8 avec pl.

167. Owen (D.). Geological exploration of Iowa, Wisconsin, and Illinois. 1844, 1 vol. gr. in-8, avec 25 pl. ou cartes. — Gesner (A.). Coal, Petroleum. *New-York*, 1861, 1 vol. in-8, avec fig., et pl. cart.

168. Prévost (Constant). Documents pour servir à l'histoire des terrains tertiaires. 1 vol. in-8. — Bonnard (de). Essai géognostique sur l'Erzgebirge. 1816, 1 vol. in-8. — Mayer (K.). Klassifikation der tertiargebilde Europas. *Trogen*, 1858, in-8, avec 1 tableau gr. in-fol.

169. Renou (F.) et Ravergie. Géologie et minéralogie de l'Algérie. 1848, 1 vol. gr. in-4 avec 5 pl. et cartes. — Rolland (G.). Le Transsaharien. 1891, gr. in-8, avec 1 carte.

170. Reyer (Ed.). Deformazione e genesi delle montagne. *Torino*, 1893, in-8, avec fig. et 1 pl. — Dislocazioni e della formazione delle montagne. *Torino*, 1893, in-8, avec fig. — Issel (A). Geologia della Galita. *Genova*, 1880, gr. in-8, avec 1 carte col.

171. Seale (R.-F.). The geognosy of the Island St-Helena. *London*, 1834, in-fol. oblong, avec 10 pl. col. cart.

172. Simonelli (V.). Terreni e fossili dell'isola di Pianosa nel mar Tirreno. *Roma*, 1889, gr. in-8, avec 5 pl. — La Marmora (A. de). Géologie de l'île de Sardaigne. In-4, avec 1 carte col. — Reyer (Ed.). Dislocazioni e della formazione delle montagne. *Torino*, 1893, in-8, avec fig.

173. Thomassy. Géologie pratique de la Louisiane. *Paris*, 1860, 1 vol. in-4 avec 6 cartes.

173 *bis*. Trutat (E.). Les Pyrénées. 1894, 1 vol. in-16, avec fig. — Société géologique de France. Réunion extraordinaire. St-Gaudens, 1862, in-8. — Bertrand (P.). Voyage aux eaux des Pyrénées. 1838, 1 vol. in-8.

174. Vieillard et Dollfus (G.). Etude géologique sur les terrains crétacés et tertiaires du Cotentin. *Caen*, 1875, 1 vol. in-8 avec carte col. — Dewalque (P.). Stratigraphie des terrains primaires dans la presqu'île du Cotentin. 1861, gr. in-8, 140 p., 2 cartes.

II. — MINÉRALOGIE

175. Administration des mines. Résumé des travaux statistiques de 1847 à 1850. *Paris*, 1854-1861, 2 vol. in-4, avec cartes, rel.

176. Aérolithes, Météorites. 8 br. in-8 et in-4, par St. Meunier, Haldinger, Laugier, Hall, Eakins, etc.

177. Beaumont (Elie de). Leçons d'hydraulique. 1 vol. in-8 avec 4 pl. — Lefort (J.). Chimie hydrologique. 2e édit. 1873, 1 vol. in-8, avec fig. et 1 pl. chromo-lith.

178. Bombicci (L.). Corso di mineralogia. *Bologna*, 1862, 1 vol. gr. in-8, avec 45 pl.

178 *bis*. Bouillet (J.-B.). Topographie minéralogique du Puy-de-Dôme. *Clermont*, 1829, in-8.

179. Brard. Eléments de minéralogie. 3e édit. 1838, 1 vol. in-8. — Éléments d'exploitation. *Paris*, 1829, 1 vol. in-8 avec 32 pl. — Description d'une collection de minéralogie. 1838, in-8. — Ditte (A). Analyse qualitative des matières minérales. Atlas in-fol. de 3 pl. col.

180. Brongniart (A.). Introduction à la minéralogie. 1825, 1 vol in-8 avec pl. — Brochant de Villers et Brongniart (A.). Cristallographie et minéralogie. 1816-1830, atlas in-8 de 23 pl., avec texte explicatif, cart. — Razoumowski (de). Système des transactions de la nature dans le règne minéral. *Lausanne*, 1785, 1 vol. in-18.

181. Burat. Eclairage et aérage des houillères. 1857, gr. in-8. — Cordier (L.). Mines de houille de France. 1815, in-8. — Héron de Villefosse. Combustibles minéraux. 1826, in-8, 67 p., avec tableau. — Dewalque (G.). Sciences minérales. *Bruxelles*, 1872, gr. in-8, 90 p. — Mines. 10 br. in-8, par Ad. Carnot, Puvis, Traverso, Cabany, etc.

182. Coquand (H.). Traité des roches. 1857, 1 vol. in-8, avec fig. — Knab (L.). Les minéraux utiles et l'exploitation des mines. 1894, 1 vol. in-18, avec fig. cart. — Puton (E.). Métamorphoses et modifications dans certaines roches des Vosges. 1838, in-8.

183. Creilingius (J.-C.). De aureo vellere aut possibilitate transmutationis metallorum. *Tubingae*, 1740, 1 vol. in-folio. cart.

184. Cristallographie. 8 br. in-8, par Ben Saude (avec 3 pl.). Durocher, Bœris, etc. — Roches, 9 br. in-8 et in-4, avec pl., par Delesse, Hogard, Fournel, etc.

185. Delafosse. Progrès de la minéralogie. 1867, 1 vol. gr. in-8. — Daubrée. Minéralogie. 6 br. in-8, avec pl., dont Striage des roches, météorites, filon, etc.

186. Delesse. Extraits de minéralogie. 1851, in-8, 90 p., 1 pl. — Matériaux de construction. *Paris*, 1856, 1 vol. in-8. — Minéralogie. 7 br. in-8, dont Roches des Vosges, Porphyre, Kersanton, etc.

187. Fletcher (L.). Mexican meteorites. *London*, 1890, in-8, 88 p., 2 cartes. — Schreibers (Von). Geschichte und kenntniss meteorischer Stein und metal-massen. 1828, in-fol., avec 10 pl.

188. Habets (L.). Le matériel et les procédés de l'exploitation des mines et de la métallurgie, 1880, 1 vol. gr. in-8. — Dumord. Métallurgie du fer. 1876, 1 vol. gr. in-8, avec 5 pl. — Evrard (A.). Traité pratique de l'exploitation des mines. Tome II. *Mons*, 1888, 1 vol. gr. in-8. — Picardat (A.). Les mines dans la guerre de campagne. 1874, 1 vol. in-18, avec fig.

189. Hauer (de). Les mines de la monarchie autrichienne. *Vienne*, 1855, 1 vol. gr. in-8. — Bourson (E.). Mines de Somorostro (Espagne). 1878, gr. in-8, 46 p., 3 pl., et 1 carte. — Alberdi (M.). Mineria y los criaderos metaliferos de la provincia de Cordoba. *Buenos-Aires*, 1880, gr. in-8, 136 p.

190. Haüy. Loi de la cristallisation. In-4, avec 3 pl. — Minéralogie.

15 br. in-4, avec pl. dont, Topazes du Brésil, Pierres précieuses, Quartz, etc.

191. Hicks et Davies. Pre-Cambrian Rocks of Pembrockeshire. 1884, in-8, 54 p., 1 carte col. — Dufrénoy et Elie de Beaumont. Constitution géognostique et Gîtes métallifères du Cornouailles et du Devonshire. 1826, in-8, avec 2 pl., et 1 carte col. — Daubuisson. Basaltes de la Saxe. 1803, in-8, 176 p. — Noguès (A.-F.). Ophite des Pyrénées. *Lyon*, 1865, gr. in-8, 138 p.

192. Kunz (F.). Precious Stones. *Washington*, 1885, gr. in-8, 60 p. — English (Geo. L.). Catalogue of minerals. 1894, gr. in-8, 123 p.

193. Minéralogie. 13 br. in-8 et in-4, avec pl., par Damour, Fournel, Berzelius, Fourcroy, etc.

194. Necker (L.-A.). Le règne minéral. *Paris*, 1835, 2 vol. in-8. — Beudant. Minéralogie. 7e édit. 1857. Géologie. 6e édit. 1854. Ens. 1 vol. in-18. rel.

195. Suttor. Annual report of the department of mines new south Wales. *Sydney*, 1878, 1 vol. in-4, avec cartes.

196. Ville. Recherches sur les roches, les eaux et les gîtes minéraux des provinces d'Oran et d'Alger. 1852, 1 vol. in 4, avec pl.

III. — PALÉONTOLOGIE

I. — Paléontologie animale.

197. Ammonites et rudistes fossiles. 10 br. in-8 avec pl., par Lory, Deshayes, D'Orbigny, Dumortier, Bayle, etc.

198. Aurivillius (Ch.). Sekundäre geschlechtscharaktere nordischer Tagfalter. *Stockholm*, 1880, in-8, 50 p., 3 pl. — Ballion (E.). Kreise von Kulosha gesammelten Käfer. 1878, gr. in-8, 137 p.

199. Barrande. Réapparition du genre Arethusina. Faune silurienne des environs de Hof. 1868, gr. in-8, avec 2 pl. — Colonie d'Archiac. Bassin silurien de Bohême. 1870, gr. in 8. — Brachiopodes. 1879, 1 vol. gr. in-8 avec 7 pl. — Céphalopodes. 1877, 1 vol. gr. in-8 avec 4 pl. — Distribution des Céphalopodes. 1870, 1 vol. in-8. — Acéphalés. 1881, 1 vol. gr. in-8 avec 10 pl. — Crustacés et poissons des dépôts siluriens de la Bohême. 1872, gr. in-8.

200. Bernard (F.). Eléments de paléontologie. 1895, 1 vol. in-8, avec figures.

201. Cavernes à ossements. 12 br. in-8 et in-4 avec pl. par Desnoyers, Lartet, Gaudry, etc,

202. Cavernes à ossements. 9 br. in-8 et in-4, par Adams, Mortillet, Vibraye, Marcel de Serres, etc.

203. Coquand (H.). Genre Ostrea. 1869, 1 vol. gr. in-8 avec atlas de 75 pl. gr. in-4.

204. Coquand (H.). Animaux et végétaux fossiles, observés dans la Charente, la Charente-Inférieure et la Dordogne. 1860, 1 vol. in-8. — Pomel. Vertébrés fossiles découverts dans le bassin de la Loire et dans la vallée de l'Allier. 1854, 1 vol. in-8.

205. Coquilles fossiles des environs de Paris. 11 br. in-8 et in-4 avec pl., par d'Orbigny, Deshayes, Sœmann, etc. — Michelin. Iconographie zoophytologique. Bassin parisien. Groupe supracrétacé. 1845, in-4, avec 4 pl.

206. Crustacés fossiles. 6 br. in-8 avec pl. par Pelseneer, Carter, etc.

207. Deshayes (G.-P.). Coquilles fossiles des environs de Paris. 1824-1837, atlas de 117 pl. in-4.

208. Deshayes (G.-P.). Description des animaux sans vertèbres découverts dans le bassin de Paris. 1857-1868, 3 vol. in-4 de texte et 2 vol. d'atlas, comprenant 186 pl. cart.

209. D'Orbigny (Alc.). Cours de paléontologie. 1852, 3 vol. in-18 avec atlas in-4 de 17 tableaux.

210. D'Orbigny (Alc.). Coquilles et Echinodermes fossiles de Colombie. 1842, in-4, avec 6 pl. — Blainville (Ducrotay de). Mémoires sur les Bélemnites. 1825, in-4, avec 5 pl. — Monographie des Ammonites. 1840, in-8. — Didelphe de Stonefield. 1838, in-4, avec pl. — Rayneval. Coquilles fossiles de Monte-Mario. 1877, in-folio avec 2 pl.

210 bis. D'Orbigny (Alc.). Bélemnites de la Paléontologie française. 1847, in-8, avec 8 pl. — Echinobrissidés, Echinoconidées, Pectinibranches, Echinoïdes irréguliers des terrains crétacés. 1860, 4 mém. in-8. — Echinoconus de la Paléontologie française. Atlas in-8 de 10 pl. Polypiers de la Paléontologie française. Atlas de 43 pl. in-8.

211. Duvernoy. Rhinocéros fossiles. 1854, in-4, avec 8 pl. — Cuvier (G.). Ossements fossiles. Tomes I, II 2 parties et Tome V 2 parties. *Ens.* 5 vol. in-4.

212. Echinodermes et Polypiers fossiles. 11 br. in-8 et in-4 avec pl. par Tournouer, Barrois, Schlumberger, etc.

213. Edwards (Alph. Milne). Histoire des Crustacés Podophthalmaires fossiles. 1861, 1 vol. gr. in-4. — D'Orbigny. Mollusques céphalopodes acétabulifères des terrains jurassiques. 1842, in-8, 112 p.

214. Edwards (Alph. Milne). Recherches anatomiques et paléontologiques pour servir à l'histoire des oiseaux fossiles de la France. Livr. 1 à 15, 20 à 22. 1867-1872, in-4, avec 90 pl.

215. Edwards (H. Milne) et Haime. Polypiers fossiles des terrains palœozoïques. 1851, 1 vol. in-4, avec 20 pl. phot.

216. Filhol (E. et H.). Description d'ossements du Felis Spelaea. 1870, gr. in-8, avec 12 pl. — Trouessart. Mammifères fossiles. 1891, gr. in-8, 53 p. — Thomas (Ph.). Bovidés fossiles de l'Algérie. 1882, gr. in-8, 47 p., 2 pl. — Serres (M. de), Dubreuil et Jeanjean. Ossements fossiles des cavernes de Lunel-Viel (Hérault). In-4, 84 p. — Gervais (P.). Oiseaux fossiles. 1844, gr. in-8, 40 pages.

217. Fischer de Waldheim. Bibliographia palaeontologica animalium. *Mosquae,* 1834, 1 vol. in-8.

218. Forbes et Salter. British organic remains (Trilobites). *London*, 1849, 1 vol. in-4, avec 10 pl. — Forbes. Figures and descriptions illustrative of British organic remains (Trilobites). *London*, 1853, in-8, avec 10 pl.

219. Gaudry (A.). Les ancêtres de nos animaux. 1888, 1 vol. in-16, avec fig. — Priem. Evolution des formes animales. 1891, 1 vol. in-16, avec fig.

220. Gaudry (A.). Fischer et Tournouer. Animaux fossiles du mont Léberon. *Paris*, 1873, 1 vol. gr. in-4, avec 21 pl. rel. (*manque pl. 7, 8 et 15*).

221. Hall (J.). New species of fossils of the United States. 1862, 3 mém. in-8 avec fig. et 7 pl.

222. Hornes. Die fossilen Mollusken des Tertiaer-Beckens von Wien. 1851-1870, 2 vol. gr. in-4 avec 137 pl. et cartes.

223. Insectes fossiles. 6 br. in-8, par Brongniart, Meunier, Preudhomme de Borre, etc.

224. King (W.). Permian fossils of England. *London*, 1850, 1 vol. in-4 avec 28 pl.

225. Koninck (L.-P.-C.). Description des animaux fossiles qui se trouvent dans le terrain carbonifère de Belgique. Avec supplément. 1844-1851, 3 vol. in-4, avec 67 pl.

226. Leidy (J.) Contributions to the extinct vertebrate fauna of the western territories. *Washington*, 1873, 1 vol. in-4 de 358 pages avec 37 pl.

227. Locard (A.). Faune de la mollasse marine et d'eau douce du Lyonnais et du Dauphiné. 1878, gr. in-4, 283 p., avec 2 pl. — Cotteau (G.). Echinides fossiles des Pyrénées. 1861, in-8, 156 p., 9 pl.

228. Lortet et Chantre (E.). Recherches sur les Mastodontes et les faunes mammalogiques qui les accompagnent dans le bassin du Rhône. Gr. in-4, avec 17 pl.

229. Mammifères fossiles. 10 br. in-8 et in 4, avec pl., par Gaudry, Issel, Falconer, Marcel de Serres, etc.

230. Mammifères fossiles. 12 br. in-8, avec pl., par Van Beneden, Delbos, Lortet, Mortillet, Gaudry, etc.

230 *bis*. Michelin. Iconographie Zoophytologique. 60 livraisons in-4, avec pl. (qq. doubles).

230 *ter*. Michelin. Iconographie Zoophytologique. Un lot de 100 pl. (qq. doubles).

231. Mollusques fossiles. 11 br. in-8, avec pl. par Gastaldi, Conrad, Barrande, Deshayes, etc.

232. Mollusques fossiles de France. 9 br. in-8 et in-4, avec pl. par Lory, Hébert, Terquem, etc.

233. Nummulites et Tribolites. 14 br. in-8 et in-4, avec pl., par Leymerie, Lory, Bellardi, Tournouër, etc.

234. Oehlert. Espèces dévoniennes du département de la Mayenne. 1887, in-8, 52 p., 3 pl. — Tournouër (R.). Auriculidées fossiles des faluns. 1872, in-8, 40 p., 2 pl. — Wright (Th.). Cidaridae of the oolites. 1851, in-8, 40 p., 3 pl.

235. Paléontologie de l'Amérique et de l'Océanie. 7 br. in-8, par Coquand, D'Archiac.

236. Paléontologie animale et végétale. 13 br. in-8 et in-4, avec pl., par Damour, Dumont, Salmann, Cornuee, etc.

237. Paléontologie de l'Europe. 12 br. in-8, avec pl., par Nyst, Dumont, Barrande, Verneuil, etc.

238. Paléontologie de la France. 12 br. in-8, avec pl., par Pomel, Terquem, Lory, etc.

239. Pictet (F.-J.). Traité de paléontologie. 2º éd. 1853-1857, 4 vol. in-8, avec atlas de 110 pl. gr. in-4.

240. Poissons et Reptiles fossiles. 9 br. in-8 et in-4, avec pl., par Agassiz, Issel, Barrois, Fischer, Eichwald, etc.

241. Sarran d'Allard. Dépôts fluvio-lacustres de la craie supérieure du Gard. 1884, gr. in-8, 77 p., 1 tableau, 1 pl. — Astier (J.-E.). Ancylocéras de l'étage néocomien d'Escragnolles et des Basses-Alpes. 1851, gr. in-8, avec 9 pl. — Etallon. Etudes paléontologiques sur le Haut-Jura. Vertébrés, articulés, mollusques. In-8, 190 p. — Depontaillier (J.). Fossiles du pliocène des environs de Cannes. 1884, in-8, 66 p., 1 pl.

242. Sauvage (Em.). Poissons fossiles du Boulonnais. 1868, in-8, 100 p., 4 pl. — Falsan et Dumortier. Terrains subordonnés aux gisements de poissons et de végétaux fossiles du Bas-Bugey. *Lyon*, 1873, 1 vol. gr. in-8, avec 3 pl. — Costa. Paleontologia del regno di Napoli. Poissons. 1 vol. in-4, avec 10 pl.

243. Schlotheim (F. V.). Merkwürdige versteinerungen aus der Petrefactensammlung. *Gotha*, 1832, in-8, 40 p. — Nachtraege zur Petrefactenkunde. *Gotha*, 1822, in-8, 100 p. — Tilesius (A. von). Naturhistorische abhandlungen und Erlaeuterungen besonders die Petrefactenkunde. *Cassel*, 1826, 1 vol. in-fol., avec 8 pl. — Störr (C.). Museum Physiognosticum. *Stuttgartiae*, 1807, 1 vol. in-4, rel.

244. Serres (M. de). Paléontologie. 1846, 2 vol. in-18, avec tableaux. — Pachon. Origine des fossiles et des continents. 1850, 1 vol. in-18.

245. Spadam. Corporum lapidefactorum agri Veronensis catalogus. *Veronae*, 1744, 1 vol. in-4, avec 10 pl. cart.

II. — Paléontologie végétale

246. Bowerbank (J.-S.). Fossil Fruits and Seeds of the London Clay. 1840, 1 vol. gr. in-8, avec 17 pl.

247. Brongniart (A.). Recherches sur les graines fossiles silicifiées. 1881, 1 vol. gr. in-4, avec 24 pl. noires et col.

248. Heer (D.). Beiträge zur Steinkohlen-Flora der Arctischen Zone. 1874, in-4, avec 6 pl. col. — Die Kreide Flora der arctischen Zone In-4, 138 p., avec 38 pl. col. — Nachträge zur miocenen Flora Groenlands. 1874, in-4, avec 5 pl. col.

249. Lignier (O.). Végétaux fossiles de Normandie. 1894-1895, 2 parties in-4, avec pl.

250. Meschinelli (A.) et Squinabol (X.). Flora tertiaria Italica. *Pata-vii*, 1893, 1 vol. gr. in-8 de 575 p.

251. Paléontologie végétale 9 br. in-8 et in-4, par Saporta (avec pl.), Cornuel (avec pl.), Crié, Pomel, etc.

252. Renault. Etudes sur la Sigillaria spinulosa et sur le genre Myelopteris. 1876, in-4, avec 12 pl. noires et col.—Gomes (B.-A), Flore fossile du terrain carbonifère des environs de Porto. 1865, in-4, avec 6 pl. — Ebray (Th.). Végétaux fossiles des terrains de transition du Beaujolais. 1868, gr. in-8, avec 11 pl. et 1 carte.

253. Saporta (G. de). Origine paléontologique des arbres cultivés. 1888, 1 vol. in-16, avec fig. — Renault (B.). Plantes fossiles. 1888, 1 vol. in-16, avec fig.

254. Scheuchzer (J.). Herbarium Diluvianum collectum. *Tiguri*, 1709, in-fol., avec 10 pl. cart.— Unger (Fr.). Synopsis plantarum fossilium. *Lipsiae*, 1845, 1 vol. in-8.

255. Schimper. Traité de paléontologie végétale. 1869-1874, 3 vol. gr. in-8, avec atlas de 110 pl. in-folio.

256. Watelet (A.). Plantes fossiles du bassin de Paris. 1866, 1 vol. in-4, avec atlas de 60 pl.

257. Zeiller (R.). Végétaux fossiles du terrain houiller de la France. 1888, 1 vol. in-4, avec atlas in-4, de 18 pl.

III. — Paléontologie humaine

258. Archéologie préhistorique. 9 br. in-8 avec pl., par Chantre, Chauvet, Milloué, etc.

259. Baye (J. de). L'archéologie préhistorique. 1888, 1 vol. in-16, avec fig. — Cotteau (G.). Le Préhistorique en Europe. 1889, 1 vol. in-16, avec fig.

260. Congrès international d'anthropologie et d'archéologie préhistoriques. 6e session. *Bruxelles*, 1872, 1 vol. gr. in-8, avec 90 pl. — 7e session. *Stockholm*, 1874, 2 vol. gr. in-8, avec fig. et pl.

261. Gross. La Tène, un oppidum helvète. 1885, 1 vol. in-4, avec 13 pl. cart. — Cranile (A.). Solutré ou les chasseurs de rennes de la France centrale. 1872, 1 vol. gr. in-8, avec fig.

262. Hamy (E.-T.). Paléontologie humaine. 1870, 1 vol. in-8, avec fig. — Debierre (Ch.). L'homme avant l'histoire. 1888, 1 vol. in-16, avec fig.

263. Lyell. Ancienneté de l'homme. 3e édit. 1891, 1 vol. in-8, avec fig. — Pereira da Costa (F.-A.). Existence de l'homme aux époques reculées dans la vallée de Tejo. 1865, gr. in-4, avec 7 pl.

264. Quatrefages (A. de). Hommes fossiles et hommes sauvages. 1884, 1 vol. gr. in-8, avec figures.

264 *bis*. Quatrefages et Hamy. Crania Ethnica. Les crânes des races humaines. *Paris*, 1882, 1 vol. in-4 avec 48 figures 3 p. et 1 Atlas in-4 de 100 pl. lith.

265. Rivière (E.). Antiquité de l'homme dans les Alpes-Maritimes. 1879-1887, 1 vol. in-4, avec 24 pl. chromolith. et fig.

266. Troyon (F.). L'homme fossile. *Lausanne,* 1867, 1 vol. in-8 de 182 p.

IV — BOTANIQUE

I. — Traités généraux, Sociétés savantes

267. Aubert du Petit-Thouars. Enseignement de la botanique. 1819, in-8, 161 p. — Essais sur la végétation. *Paris,* 1809, 1 vol. gr. in-8.

268. Bartling (Fr.-Th.). Ordines naturales plantarum. *Gottingæ.* 1830, 1 vol. in-8. — Oeder (C.). Elementa botanica. *Hafniæ,* 1764-1766, 2 parties en 1 vol. in-8, avec 14 pl. — Necker (N.-J. de). Elementa botanica. *Neowedæ,* 1790, 3 vol. in-8. — Corollarium ad philosophiam botanicam Linnæi. *Neowedæ,* 1790, in-8. — Phytozoologie philosophique. *Neuwied,* 1790, in-8. Ens. 4 vol. in-8, avec 54 pl., rel.

269. Bonnier (G.). Les plantes des champs et des bois. 1887, 1 vol. gr. in-8 avec fig. et 30 pl., dont 8 col.

270. Brown. Manual of botany. *Edinburgh,* 1874, 1 vol. in-8, avec fig. cart. — Barton (S.). Elements of botany. *Philadelphia,* 1803, 2 vol. gr. in-8, avec 30 pl.

271. Bulliard. Dictionnaire de botanique. 2e édit. 1802, 1 vol. in-8, avec pl. — Gérardin (S.). Dictionnaire de botanique. *Paris,* 1817. 1 vol. in-8, avec portrait.

272. Delessert (B.). Icones selectæ plantarum. 1820-1846. Tomes III, IV, V, 3 vol. in-fol., avec 300 pl.

273. Deniker. Atlas-manuel de botanique. 1887, 1 vol. in-4 avec 200 pl. cart.

273 *bis.* Dodart. Mémoire pour servir à l'histoire naturelle des plantes. *Amsterdam,* 1758, 1 volume in-4, avec 38 pl. rel.

274. Duchartre. Eléments de botanique. 3ᵉ édit. 1885, 1 vol. in-8, avec fig. cart.

275. Dumolin. Flore poétique ancienne. 1856, 1 vol. in-8. — Pulteney (R.). Esquisses historiques et biographiques. Les progrès de la botanique. *Paris,* 1809, 2 vol. in-8.

276. Espèce, Hybridité et Tératologie végétale. 10 br. in-8, par Thury, Clos, Mussat, Weddell, etc.

277. Fries (E.). Systema orbis vegetabilis. Plantae Homonemeae. *Lundae,* 1825, 1 vol. in-18, rel. — Pfeiffer (L.). Synonymia botanica. *Cassel,* 1870, in-8, 292 p. — Henckel (C.). Nomenclator botanicus. *Halae,* 1821, 1 vol. in-8.

278. Germain (de Saint-Pierre). Dictionnaire de botanique. 1870, 1 vol. gr. in-8, avec 1,640 fig.

279. Girod. Manipulations de botanique. 1887, 1 vol. gr. in-8, avec 20 pl. cart. — Gérardin. Traité de botanique. 1895, 1 vol. in-8, avec fig.

279 *bis*. Grotjan (J.-A). Sommer-Gewächse. *Leipzig*, 1759, 1 vol. in-18. — Winter Belustigung. *Nordhausen*, 1751, 1 vol. in-18.

280. Haller (A. von). Bibliotheca botanica. *Tiguri*. 1771-1772, 2 vol. in-4, rel. — Seguierio (J.-F.). Bibliotheca botanica. *Lugduni Batavorum*, 1751, 1 vol. in-4, rel. — Haller (A.). Opuscula sua botanica. *Gottingae*, 1749, 1 vol. in-18, avec 2 pl.

281. Histoire de la botanique et nomenclature botanique. 16 br. in-8 par Desvaux, Crépin, Thiébaut, Decaisne, Trautvetter, etc.

282. Hooker. Journal of botany. 1849 à 1856, 8 vol. in-8. rel.

283. Hübener. Einleitung in das studium der Pflanzenkunde. *Mannheim*, 1841, in-18. — Mohl (H. von). Vermischte Schriften botanischen Inhalts. *Tübingen*, 1846, 1 vol. in-4 de 442 p., avec 13 pl. — Gleditsch (J.-G.). Systema plantarum. *Berolini*, 1764, 1 vol. in-8.

284. Jardins botaniques. 11 br. in-8 et in-4, par Chatin, Bommer, Damseaux, Bois, etc.

285. Jordan (A.). Aegilops Triticoides et Speltaeformis. 1856-1857, 2 mém. gr. in-8, avec pl. — Jordan (Al.). Origine des arbres fruitiers. 1853, in-4, 97 p. — Godron. Aegilops hybrides. 1870, in-8, 58 p.

286. Jussieu (A. de). Botanique. 1852, 1 vol. in-18 avec fig. — Chenu. Botanique. *Paris*, 1852, 2 vol. gr. in-8 avec fig. et pl. — Marquis. Esquisse du règne végétal. *Rouen*, 1820, in-8.— Dumortier. Analyse des familles des plantes. *Tournay*, 1829, in-8.

287. Kunth. Enumeratio plantarum. 1833-1856, 5 vol. in-8. — Lavy (J.). Etat général des végétaux originaires. 1830, 1 vol. in-8. — Lecoq (H.) et Juillet (J.). Dictionnaire des termes de botanique. 1831, 1 vol. in-8.

288. Lasègue (A.). Musée botanique de M. B. Delessert. 1845, 1 vol in-8. — Brongniart (Al.). Enumération des genres de plantes cultivées au Muséum d'histoire naturelle de Paris. 2e édit. 1850, 1 vol. in-18. — Martins (Ch.). Le jardin des plantes de Montpellier. 1854, in-4, 90 p., avec 5 pl., 2 portraits et 2 plans.

289. Le Maout (Em.). Botanique. 3e édit. *Paris*, *Curmer*, 1855, 1 vol. gr. in-8 avec fig., pl. noires et col.

290. Linné (C.). Systema Vegetabilium, curantibus J. Roemer et J.-A. Schultes. Mantissae. 1822-1827, 3 vol. in-8.

291. Linné (C.). Systema Vegetabilium. Curante C. Sprengel. *Gottingae*, 1825-1828, 5 vol. in-8.

292. Linné (C.). Species plantarum. Editio XIV, curante Wildenow. *Berolini,* 1797-1805, 4 tomes en 9 vol. in-8. cart.

293. Matthiole. Commentarii in sex libros P. Dioscoridis de medica materia. *Venetiis*, 1570, 1 vol. in-fol. de 956 p. avec fig. rel.

294. Mordant de Launay. Herbier général de l'amateur. Livr. 1 à 20 1816-1827, gr. in-8. avec 120 pl. col. — Loiseleur-Deslongchamps. Nouvel herbier de l'amateur. 1830-1838, 1 vol. gr. in-8 avec 52 pl. col.

295. Parlatore. Lezioni di botanica comparata. 1843, 1 vol. in-8. — Cazzuola (F). Dizionario di botanica. *Pisa*, 1876, 1 vol. in-12 de 718 p. — Delpino (F.). Ulteriori osservazioni sulla dicogamia nel regno vegetale. *Milano*, 1873-1874, gr. in-8, 350 p.

296. Persoon (C.-H.). Synopsis plantarum. *Parisiis*, 1805-1807, 2 vol. in-18, rel.

297. Planchon (G.). Principes de la méthode naturelle, appliqués à la classification des végétaux. *Montpellier*, 1860, in-8. — Parlatore (F.). Méthode naturelle en botanique. *Florence*, 1863, gr. in-8. — Marchand (L.). Classifications et méthodes en botaniques. Gr. in-8, 108 p. — Aubert du Petit-Thouars. Enseignement de la botanique et introduction à la phytologie. 1819, in-8.

298. Revue de botanique. 1882 à 1894, T. I à VI, IX, X, XI (manque août et septembre) et XII. 10 vol. gr. in-8.

299. Rousseau. Lettres élémentaires sur la botanique. 1789. 2 vol. in-8, avec atlas de 44 pl. color. — Bulliard. Dictionnaire de botanique. 1783, 1 vol. in-fol. avec 10 pl. col.

300. Saint-Hilaire (A.). Leçons de botanique. 1841, 1 vol. in-8, avec 24 pl. — Turpin (P.-J.-F.). Végétaux Acotylédones. 1829, atlas in-8 de 103 pl. col.

301. Société botanique de Belgique (Bulletin de la). 1862 à 1875, 14 vol. in-8.

302. Société de botanique de France (Bulletin de la). 1854 à 1879, 26 vol. gr. in-8.

303. Société botanique de France (Bulletin de la). T.XIX, 1872 et T. XXXIV, 1887. 2 vol. gr. in-8.

304. Société botanique de Lyon (Annales de la).1871 à 1894, T. I à X, XII,XIV, XV, XIX (manque 4e trim.). 14 vol. gr. in-8.

305. Tournefort. Abrégé des éléments de botanique. *Avignon*,1749, 1 vol. in-12. — La Tourette (Claret de la). Démonstrations élémentaires de botanique. *Lyon*, 1766, 2 vol. in-8. — Philibert (J.-C.). Exercices de botanique. 1801, 2 vol. in-8, avec 157 pl. — Dictionnaire de botanique. 1803, 1 vol. in-8, avec 24 pl.

306. Ventenat. Tableau du règne végétal. *Paris*, an VII, 4 vol. in-8, avec 24 pl. rel.

II. — Anatomie et Physiologie végétales

307. Anatomie des végétaux. 15 br. in-8, avec pl., par Vesque, Link, Gaudichaud, Lindley, etc.

308. Anatomie et organogénie végétales. 14 br. in-8 et in-4,avec pl., par Boehm, St-Hilaire, Vesque, Vauquelin, etc.

309. Brongniart (A.). Fécondation des Orchidées et Cistinées. 1831, in-8, avec 9 pl. — Tulasne. Etudes d'embryogénie végétale. 1849, gr. in-8, 117 p., 7 pl.

310. Courchet. Chromoleucites. 1888, gr. in-8, 113 p., avec 6 pl. col. — Chareyre (J.). Cystolithes. 1884, gr. in-8, 185 p., avec 7 pl.

311. Embryogénie végétale. 14 br. in-8 et in-4, avec pl., par Dehérain, Brongniart, Mirbel, Gasparini, etc.

312. Fleurs et inflorescence. 13 br. in-8, avec pl., par Dutailly, Baillon, Clos, Leclercq du Sablon, etc.

313. Gaudichaud (Ch.). Organographie, physiologie et organogénie des végétaux. *Paris*, 1841, 1 vol. in-4, avec 18 pl.

314. Germain (de St-Pierre). Anomalies de l'organisation dans le règne végétal. 1855, in-fol., avec 16 pl.

315. Germination et respiration des plantes. 15 br. in-8 et in-4, avec pl., par Dehérain, Bommer, Borodin, etc.

316. Liebig (J.). Chimie organique appliquée à la physiologie végétale. 1841, 1 vol. in-8. — Kuhlman (F.). Expériences chimiques et agronomiques. 1847, 1 vol. in-8.

317. Lubbock (J.). La vie des plantes. 1889, 1 vol. in-8, avec fig. — Vuillemin (P.). La biologie végétale. 1888, 1 vol. in-16, avec fig.

318. Lubbock (J.). Flowers, fruits and leaves. *London*, 1886, 1 vol. in-12, avec fig. cart. — Boehm (Jos.). Physiologie végétale. 6 br. in-12.

319. Mirbel. Physiologie végétale. 1815, 3 vol. in-8, avec 72 pl. rel. — Lindley (J.). Aphorismes de physiologie végétale et de botanique. 1838, in-8. — Lebouidre-Delalande (L.-J.). Physiologie végétale. 1845, 1 vol. in-8.

320. Mirbel. Le Cambium. 1839, in-4, avec 3 pl. — Organogénie végétale. 8 br. in-8, avec pl.

321. Physiologie végétale. 18 br. in-8 et in-4, par Wiesner (Buitenzorg), Tassilly (Caféine), Lignier, Sauvageau, Barthelat (Zingibéracées), etc.

322. Pontedera (J.). Anthologia, sive de Floris natura. *Patavii*, 1720, 1 vol. in-4, avec 12 pl. rel. — Grew (Neh.) Anatomie des Plantes et l'Ame des plantes par Dedu, avec un recueil d'expériences, par Grew et Boyle, *Leide*, 1685, in-12, avec pl. cart. parch.

323. Raspail. Système de physiologie végétale et de botanique. 1837. 2 vol. in-8, avec atlas de 60 pl.

324. Richard (L.-C.). Analyse du fruit. 1808, 1 vol. in-8. cart. — Lestiboudois (Th.). Anatomie et physiologie des végétaux. 1840, 1 vol. in-8, avec 21 pl. — Carpographie anatomique. Gr. in-8, 76 p., 2 pl. — Cypéracées. 1819, in-4.

324 *bis*. Turpin. Organographie végétale. 1820, atlas in-8 de 63 pl. col., et 2 tableaux. — Inflorescence des Graminées et des Cypéracées. In-4, avec 2 pl.

325. Vuillemin. Valeur des caractères anatomiques, au point de vue de la classification des végétaux. Tige des Composées. 1884, 1 vol. in-8, avec fig. — La biologie végétale. 1888, 1 vol. in-16, avec fig.

III. — Cryptogames

326. Acloque. Les champignons. 1892, 1 vol. in-16 avec fig. — Les lichens. 1893, 1 vol. in-16 avec fig.

327. Algues. 9 br. in-8, et in-4, avec pl., par Bornet, Vaucher, Thuret, Crouan, etc.

328. Algues. 8 br. in-8, avec pl., par Agardh, Le Jolis, Möbius, Busk, etc.

329. Bactéries. 7 br. in-8, par Béchamp, Muller, Danysz, etc.

330. Bertoloni (A.). Flora Italica. Cryptogama. 1858, fasc. I à IV, in-8, 512 p. — Pars secunda. Fasc. I. In-8.

331. Bonjean (J.). Traité de l'ergot de seigle. 1845, 1 vol. in-8. — Carbonneaux Le Perdriel. L'ergot de froment. *Montpellier*, 1862, gr. in-8, 102 p , 1 pl. — Millet (A.). Seigle ergoté. 1854, in-4, 158 p.

332. Bosch (Van den). Hymenophyllaceae Javanicae. *Amstelaedami*, 1861, 1 vol. in-4 avec 52 pl.

333. Boyer. Les champignons. 1891, 1 vol. gr. in-8, avec 50 pl. col. cart.

334. Bridel. Bryologia Universa. *Lipsiae*, 1826-1827, 2 vol. in-8 avec 13 pl. rel.

335. Brongniart (Ad.). Classification des champignons. 1825, in-8 avec 8 pl. — Structure intérieure du Sigillaria elegans. 1839, in-4, avec 11 pl. col.

336. Champignons. 14 br. in-8 et in-4, avec pl., par De Candolle, Quélet, Menier, Harvey, etc.

337. Champignons parasites. 10 br. in-8 et in-4, avec pl., par De Candolle, Aimé Girard, Prillieux, Durieu de Maisonneuve, etc.

338. Diatomées et Desmidiés. 10 br. in-8, par Van Heurck, Lockwood, Ferry, Cunningham, etc.

339. Dumortier (B.-C.). Hepaticæ Europæ. 1875, 1 vol. in-8, avec 4 pl. col. — Cogniaux (A.). Monographie des hépatiques de Belgique. *Gand*, 1872, in-8. — Zetterstedt. Dispositio muscorum frondosorum. *Upsaliæ*, 1854, in-8.

340. Ferry de la Bellone. La truffe. 1888, 1 vol. in-16 avec fig. — Loverdo. Les maladies cryptogamiques des céréales. 1892, 1 vol. in-16 avec fig.

341 et 342. Gautier (L.). Les champignons. 1895, 1 vol. gr. in-8, avec fig. et 16 pl. chromolith. — Quélet. Les champignons du Jura et des Vosges, Hyméniés, Péridiés, Cupulés. 1873, in-8, avec 5 pl.

343 Gillet. Tableaux analytiques des Hyménomycètes. 1884, 1 vol. in-8. — Hyménomycètes. 1878, 14 feuilles de texte avec 42 pl. n. et col. — Quélet. Les champignons du Jura et des Vosges. Hyméniés, Péridiés, Cupulés. 1873, in-8 avec 5 pl.

344. Grognot. Plantes cryptogames cellulaires de Saône-et-Loire. 1863. 1 vol. in-8. — Brisson (T.-P.). Lichens des environs de Château-Tierry. 1880, in-8. — Cryptogames cellulaires. 1879, in-8. — Examen critique de la théorie de M. Schwendener. 1877-1879, 2 br. in-8.

345. Gubler. Mucédinée du muguet. 1868, in-8. — Bergeron (E.-J.). Géographie des teignes. 1866, in 8, avec 2 cart. et 3 tab. — Duchesne-Duparc. Du fucus vesiculosus. 1863, in-12. — Petit (Ch.).

Matière organique des eaux minérales de Vichy. 1855, in-8. — Hermel. L'Ammanite bulbeuse, oronge ciguë. 1865, in-8.

346. Hedwig (J.). Fundamentum historiae naturalis muscorum frondosorum. *Lipsiae*, 1782, 2 tomes en 1 vol. in-4, rel. (manque pl. 1 et 2 du t. I.— Pl. 2 du t. II).

347. Le Jolis (A.). Algues marines de Cherbourg. 1880, in-8, avec 6 pl. — Stenfort (F.). Les plus belles plantes de la mer. 1877, 1 vol. in-8.

348. Montagne. Sylloge generum specierumque cryptogamarum. 1856, 1 vol. in-8.

349. Mousses, lichens et fougères. 8 br. in-8, par G. Bonnier, Kuhn, Gonse, Ward, Bertot, etc.

350. Notaris (G. de). Desmidiace Italiche. *Genova*, 1867, 1 vol. in-fol., avec 9 pl.

351. Patouillard (N.). Catalogue des plantes cellulaires de la Tunisie. 1897, gr. in-8, 170 p.

352. Paulet (J.-J.). Traité des champignons. 1793, 2 vol. in-4.

353. Pelletan. Diatomées. 1891, 1 vol. in-8, avec fig. et 10 pl.

354. Revue bryologique de Husnot, 1874 à 1894, 21 vol. in-8.
Il manque n° 1, 1875. — N° 4, 1876. — N° 2, 1877. — N°° 4, 5, 1878. — N°° 3, 6, 1879. — N°° 1 à 3 et 5, 1880.— N° 3, 1882.— N° 5, 1883.-- N° 4, 1884. — N° 4, 1885. — N° 3, 1886. — N°° 2, 3, 1889. — N° 1. 1891. — N° 3, 1892. -- N° 4, 1894.

355. Robin. Végétaux parasites. 1853, 1 vol. in-8, avec atlas de 15 pl. col.

356. Rodet (A.). Variabilité des microbes. 1895, 1 vol. gr. in-8. — Schmitt (J.). Microbes et maladies. 1886, 1 vol. in-16. — Garnier (L). Ferments et fermentations. 1888, 1 vol. in-16, avec fig.

357. Roux (G.). Analyse microbiologique des eaux. 1892, 1 vol. in-18, avec fig. cart. — Despeignes (V.). Microbes des eaux. 1890, gr. in-8, 126 p. — Malapert-Neuville (R. de). Examen bactériologique des eaux naturelles. 1887, in-8, avec fig.

358. Sande Lacoste (Van der). Synopsis Hepaticarum Javanicarum. 1 vol. in-4, avec 22 pl.

359. Truffes. 5 br. in-8, par Chatin, Laboulbène (avec pl. col.). — Champignons. 10 br. in-8 et in-4, avec pl., par De Candolle, Vilmorin, Harvey, etc.

360. Tyndall et Pasteur. Les microbes organisés. 1878, 1 vol. in-18, avec fig. rel. — Plasse (L.-E.). Les miasmes et les cryptogames parasites. *Poitiers*, 1865, gr. in-8, 180 p. — Marchand (L.). Botanique cryptogamique pharmaceutico-médicale. Introduction. 1880, gr. in-8, avec fig.

IV. — Phanérogames

361. Botanique générale. 11 br. in-8 et in-4, dont : Duchartre, S. genre Lemoinea. — Letacq, Muscinées. — Heckel, Solanum. — Chatin, Vallisneria Spiralis, etc.

362. Decaisne (J.). Famille des Lardizabalées. 1839, in-4, avec 4 pl.
— Fournier (E.). Famille des Crucifères. 1865, in-4, avec 2 pl.

363. De Candolle (A -P.). Collection de mémoires pour servir à l'histoire du règne végétal. 1828-1838, 10 mémoires in-4, avec 99 pl.

364. De Candolle (A.-P.). Monographie des Campanulées. 1830, 1 vol. in-4, avec 20 pl. — Famille des Crucifères. In-4, avec 2 pl. — Richard. Famille des Calycérées. In-4, avec 3 pl.

365. Delaroche (F.). Eryngiorum historia. *Parisiis*, 1808, 1 vol. in-fol., avec 32 pl.

366. Desfontaines. Genres Leucas, Ribes, Strophantus, Diplolœna, Chamelaucum, Jalap, Œillet, Titonia, Labiées, Papayer, etc. 15 br. in-4, avec pl.

367. Gay (J.). Eryngiorum Heptas. *Parisiis*, 1848, gr. in-8, avec 1 pl. — Moquin-Tandon (A.). Chenopodearum monographica enumeratio. 1840, 1 vol. in-8. — Barnéoud (M.). Monographie des Plantaginées. 1845, in-4.

368. Humboldt (A. de) et Kunth (K.-S.). Distribution méthodique de la famille des Graminées. 1835, 2 vol. in-fol.

369. Jussieu (A.). Famille des Malpighiacées. 1843, 1 vol. in-4, avec 23 pl. noires et col.

370. Jussieu (A. L. de). Groupe des Rutacées. In-4, avec 4 pl. — Genres Acicarpha, Melicocca, Petunia, Paronychiées, Polygalées, Aurantiacées, etc., 9 br. in-4, avec pl.

371. Muller (J.). Famille des Résédacées. 1857, in-4, avec 18 pl.

372. Nestler (C.-G.). Monographia de Potentilla, cum observationibus circa familiam Rosacearum. 1816, in-4, avec 12 pl. — Meyer (E.). De Houttuynia atque Saurureis. *Regiomonti*, 1827, in-8, 62 p., 1 pl. — Bertrand (E.). Phyllogossum. 2e partie. Gr. in-8, 153 p.

373. Scheuchzer (J). Agrostographia sive graminum juncorum. *Tiguri*, 1719, 1 vol. in-4, avec pl. rel.

374. Spach. Végétaux phanérogames. 1834-1848, 14 vol. in-8, avec atlas de 152 pl. col.

375. Tulasne. Monographia Podostomacearum. 1852, in-4, avec 13 pl.

376. Tulasne. Monographia Monimiacearum. 1856, in-4, avec 10 pl.

377. Weddell. Monographie de la famille des Urticées. 1857, 1 vol. in-4, avec 20 pl.

378. Weddell. Le Cynomorium coccineum, parasite de l'ordre des Balanophorées. 1861, in-4, avec 4 pl. col. — Planchon (G.). Des Globulaires. *Montpellier*, 1859, in-8, 59 p., avec tableau.

379. Willdenow (L.). Historia Amaranthorum. *Turici*, 1790, 1 vol. in-fol., avec 12 pl. col. cart. — Morison (R.). Plantarum Umbelliferarum. *Oxonii*, 1672, 1 vol. in-fol., avec pl. rel. parchemin.

V. — Géographie botanique et flores

380. Acloque (A.). Flore de France. 1894, 1 vol. in-16, avec 2165 fig.

381. Aublet. Histoire des plantes de la Guyane française. 1775, 2 vol. in-4 (manque titre et p. 121-128 du tome I et p. 747-752 du tome II), avec 298 pl.

382. Aublet. Histoire des plantes de la Guyane française. 1775, 2 vol. in-4. Texte, T. I (manque titre et p. 121 à 128), du tome I et p. 747-752 et supl. p. 145-152 du tome II) avec 252 pl.

383. Babey (C.-M.-Ph.). Flore jurassienne. 1846, 4 vol. in-8.

384. Boissier (E.). Voyage botanique dans le midi de l'Espagne. 1839 à 1845, 2 vol. gr. in-4, avec 206 pl. (inc. du titre T. I et pl. 53, 54, 60, 61, 102, 134, 158).

385. Brongniart (Ad.) et Gris (A.) Description de plantes remarquables de la Nouvelle-Calédonie. 2 mémoires in-4, avec 21 pl.

386. Colmeiro (M.). Apuntes para la flora de las dos Castillas. 1849, 1 vol. in-8. — La botanica y los botanicos de la peninsula Hispano-Lusitana. *Madrid*, 1858, 1 vol. gr. in-8.

387. Contejean. Géographie botanique. 1881, 1 vol. in-8 — Humboldt (A. de). De distributione geographica plantarum. 1817, 1 vol. in-8, avec carte col. — Verlot (B.). Guide du botaniste herborisant. 3º édition. 1886, 1 vol. in-18, avec fig. cart.

388. Dalibard. Florae Parisiensis prodromus. *Paris*, 1749, 1 vol. in-18, avec pl. rel. — Verlot. Guide du botaniste herborisant. 2º édit. 1879, 1 vol. in-18. cart.

389. De Candolle (A.-P.) et Duby. Botanicon Gallicum. 1828-1830, 2 vol. in-8. — Loiseleur-Deslonchamps. Flora Gallica. 1828, 2 vol. in-8.

390. Delile (R.). Fragments d'une flore de l'Arabie Pétrée 1883, in-4, avec 1 pl. — Giraldes. La fève du Calabar. In-8, avec 1 pl. — Swartz (O.). Nova genera et species plantarum seu prodromus quae sub itinere in Indiam occidentalem. *Holmiae*, 1788, in-8, 152 p. — Maget. Végétaux de l'archipel japonais. 1878, in-8. — Brongniart (Ad.) et Gris (A.). Fragments d'une flore de la Nouvelle Calédonie. 2º et 3º parties. 1866-1871, gr. in-8, 71-65 p.

391. Desmoulins (Ch.). Catalogue des Phanérogames de la Dordogne. Supplément final. 1859, 1 vol. in-8. — Comparaison des départements de la Gironde et de la Dordogne, sous le rapport de leur végétation. 1859, in-8. — Sisymbrium Bursifolium. 1845, in-8. — Naturalisation du Panicum Digitaria. 1849, in-8.

392. Famintzin (A.). Uebersicht der leistungen auf dem gebiete der botanik in Russland. *St Pétersbourg*, 1892, gr. in-8, 174 p. — Dumont d'Urville (J.). Enumeratio plantarum quas in insulis archipelagi aut littoribus Ponti-Euxini. *Parisiis*, 1822, 1 vol. in-8. — Zetterstedt. Monographiae Andreaerum Scandinaviae. *Upsaliae*, 1855, in-8, 56 p.

393. Flore de l'Afrique centrale. 8 br. in-8, par Cornu, Decaisne, Spach, Lestiboudois, etc.

394. Flore de l'Afrique orientale. 9 br. in-8, par Cornu, Fournier, Lefranc, Delile, etc.

395. Flore de l'Algérie. 10 br. in-8, par Heckel, Marès, Battandier et Trabut, etc.

396. Flore d'Allemagne. 14 br. in-8, par Koch, Drude, Walser, Schultz, etc.

397. Flore d'Angleterre. 12 br. in-8 et in-4, par Babington, Lees, Endlicher, Lawes, etc.

398. Flore des Antilles, de la Guyane et du Mexique. 12 br. in-8 et in-4, avec pl. par Richard, Poiteau, Tussac, etc

399. Flore de l'Arabie, de la Syrie et de l'Asie-Mineure. 10 br. in-8 et in-4, avec pl., par Cornu, Balansa, Jaubert, Thouin, etc.

400. Flore de l'Auvergne et du Limousin. 14 br. in-8, par Sahut, Leconte, Legendre, etc.

401. Flore de Belgique. 18 br. in-8, par Dumortier, Crépin, Mathieu Thiélens, etc.

402. Flore du Brésil. 10 br. in-8 et in-4, avec pl., par Richard, Brongniart, Hariot, etc.

403. Flore de Bretagne et de Normandie. 10 br. in-8, par Desvaux, Malbranche, Le Jolis, Niel, etc.

404. Flore des Canaries, du Gabon et du Sénégal. 7 br. in-8, par Decaisne, Heckel, Marès, Webb, etc.

405. Flore de la Chine et du Japon. 12 br. in-8, par Meyer, Decaisne, Richard, Maget, etc.

406. Flore des environs de Paris. 11 br. in-8 et in-4, avec pl., par Chatin, Léon Marchand, Desfontaines, etc.

407. Flore d'Espagne, de Grèce, etc. 6 br. in-8, par Puel, Debeaux, Timbal-Lagrave, etc.

408. Flore des Etats-Unis. 13 br. in-8 et in-4, avec pl , par Poiteau, Soubeiran, Joly, Carcenac, etc.

409. Flore de France. 9 vol. et br. in-8 et in-4, par Rousse, flore de la Roche-Guyon. — Hariot, florule de Méry-sur-Oise. — Lachot, flore de l'arrondissement de Semur. — Chabert, plantes sauvages en Savoie. — Parmentier, Thalictrum de France, etc.

410. Flore de France. 9 br. in-8 et in-4, avec pl., par Grenier, Jordan, Dutailly, Picot, etc.

411. Flore de l'Inde. 13 br. in-8 et in-4, par Martins, Campbell, Grisard, etc.

412. Flore d'Italie. 8 br. in-8, par Savi, Gay, Gasparrini, Arduino, etc.

413. Flore du Jura et des Alpes. 14 br. in-8, par Michalet, Thurmann, Grenier, Mehu, etc.

414. Flore du Nord et de l'Est de la France. 11 br. in-8, par Mabille, Chevandier, Mailfait, etc.

415. Flore d'Océanie, 12 br. in-8 et in-4, avec pl., par Brongniart, Desfontaines, Aubert du Petit-Thouars, Gay, etc.

416. Flore du Pérou, du Chili, et de la Colombie. 11 br. in-8 et in-4, avec pl., par Poiteau, Brongniart, Goudot, etc.

417. Flore de la Provence. 12 br. in-8 et in-4, par Grenier, Saint-Amans, Loret, etc.

418. Flore des Pyrénées. 10 br. in-8 et in-4, avec pl., par Franchet, Moquin-Tandon, Martrin Donos, Ramond, Picot, etc.

419. Flore de Russie et de Suède. 10 br. in-8, par Reinsch, Karelin, Regel, Genko, etc.

420. Flore du Sud-Ouest de la France. 15 br. in-8 et in-4, avec pl., par Picot, Grateloup, Chambrelent, etc.

421. Gaudichaud. Botanique du voyage autour du monde exécuté sur la corvette *la Bonite* (Amérique méridionale, Océanie, Chine). 1844-1866, 4 vol. in-8 avec atlas de 150 pl. in-fol.

422. Grenier. Flore de la chaîne jurassique, 1865-75, 1 vol. in-8 de 1,092 p. — Godron. Géographie botanique de la Lorraine. 1862, 1 vol. in-18.

423. Grisebach (A.). Végétation du globe. 1877-1878, 2 vol. gr. in-8 avec carte.

424. Guillemin, Perrotet et Richard. Florae Senegambiae tentamen. 1831-1833, 8 livr. gr. in-4 avec 72 pl. (tout publié).

425. Guillemin, Perrotet et Richard. Florae Senegambiae tentamen. Livr. 1 à 7, 1831-1832, gr. in-4, avec 62 pl.

426. Herborisations en Belgique. 7 br. in-8, par Marchal, Thiélens, Devos, Crépin, etc. — Crépin (F.). Baguet et Gilbert. Session extraordinaire de la Société botanique de Belgique et de la Société de botanique de France en 1873, à Bruxelles. 1874, in-8, 75 p.

427. Koch (J.). Sypnosis floræ Germanicæ et Helveticæ. Editio tertiae. *Lipsiæ*, 1857, 2 vol. gr. in-8.

428. Lestiboudois (F.-J.). Botanographie Belgique. 2ᵉ édit. *Lille*, an VII, 2 vol. in-8, avec pl. — Lejeune et Courtois. Compendium floræ Belgicæ. *Leodii*, 1828-1836, 3 vol. in-18.

429. Magnin (A.). Géographie botanique du Lyonnais. 1880, 1 vol. gr. in-8 avec 2 cartes col. — Brisson. Plantes phanérogames de la Marne. 1884, in-8, 176 p. — Billotia ou notes de botanique publiées par Bavoux, Guichard et Paillot, comprenant une description de nouvelles espèces du genre Rosa par Déséglise, la géographie botanique des environs de Saint-Dié par Boulay, etc. 1866, in-8, 130 p., avec 4 pl.

430. Martrin-Donos (V. de). Florule du Tarn. 1864, 1 vol. in-8. — Plantes critiques du département du Tarn. 1862, in-8. — Noulet. Flore de Toulouse. 2ᵉ édit. 1861, 1 vol. in-18. — Timbal-Lagrave (E.). Reliquiæ Pouretianæ. 1875, gr. in-8, 149 p., avec pl.

431. Muller (K.). Merveilles du monde végétal. 1860, 2 vol. in-8 avec pl. et fig.

432. Parlatore (Ph.). Géographie botanique de l'Italie. 1878, gr. in-8 76 p. — Viaggio per le parti settentrionali di Europa. *Firenze*, 1854, 1 vol. in-8. — Nuovi generi e nuove specie di piante monocotiledoni. *Firenze*, 1854, in-8. — Bargagli (P.). Flora delle Altiche in Europa. *Firenze*, 1878, in-8, avec tableau. — Tenore. Géographie physique et botanique du royaume de Naples. *Naples*. 1827, 1 vol. in-8 avec 2 cartes.

433. Poiret. Histoire des plantes de l'Europe. 1825-1829, 7 vol. in-8 avec 127 pl. col. rel.

434. Richard. Plantes vasculaires de l'île de Cuba. Atlas de 50 pl. in-fol.

435. Rodin (H.). Esquisse de la végétation du département de l'Oise. 1864, 1 vol. gr. in-8. — Desportes (N.). Flore de la Sarthe et de la Mayenne, 1838, 1 vol. in-8.

436. Saint-Hilaire (A. de). Voyage dans l'intérieur du Brésil. 1 vol. in-4. — Plantes de la flore du Brésil méridional. In-4, avec 5 pl. — Genres Dufourea, Gynobase, Sauvagesia, 3 br. in-4.

437. Saint-Hilaire (A. de). Polygalées. In-4 avec 5 pl. — Cucurbitacées et Passiflorées. In-4, avec 2 pl. — Sauvagesia et Lavradia. In-4 avec 5 pl. — Genres Vochisiées, Caryophyllées, Portulacées. 5 br. in-4, avec pl.

438. Sauvaigo. Cultures sur le littoral de la Méditerranée. 1894, 1 vol. in-18 avec fig. cart.— Vilmorin (Ph. de). Les Fleurs à Paris, 1892, 1 vol. in-16, avec fig.

439. Tchihatchef. Le Bosphore et Constantinople. 1877, 1 vol. gr. in-8, avec 2 cartes, 9 pl. et fig.

440. Wahlenberg (G.). Flora Upsaliensis. *Upsaliæ*, 1820, 1 vol. in-8; avec carte, rel. — Haller (A. von). Enumeratio plantarum horti regii et agri Gœttingensis. *Gœttingæ*, 1753, 1 vol. in-12.

441. Weddell. Voyage dans le Nord de la Bolivie et dans les parties voisines du Pérou. 1853, 1 vol. in-8 avec fig. — Parodi (D.). Contribuciones a la flora del Paraguay. *Buenos-Ayres*, 1877-1879, 4 parties gr. in-8, ens. 160 p.

442. Winkler (C.). Plantæ Turcomanicæ. *Petropolitani*, 1889, gr. in-8, avec 3 pl. — Compositæ novæ Turkestaniae nec non Bucharae. 1890, gr. in-8, avec 2 pl. — Schrenk (Cl.). Enumeratio plantarum novarum. *Petropoli*, 1841, 1 vol. gr. in-8.

VI. — Botanique appliquée

A. — Horticulture et Arboriculture

443. Arbres forestiers. 14 br. in-8, par Flahaut, Chambrelent, Hubert de Lestrange, Silvio, etc.

444. Arbres fruitiers. 10 br. in-8, par Baltet, Soulange Bodin, Nanot, Hénon, etc.— Thory. Genre Groseillier. 1829, 1 vol. in-8, avec 24 pl.

445. Arbres fruitiers. 22 br. in-8 et in-4, avec pl., par Decaisne, Lortet, Chatenay, Bouchard, etc.

446. Baltet (Ch.). L'horticulture française. 1890, gr. in-8, 62 p. — Carrière (E.-A.). Entretiens sur l'Horticulture. 1860, 1 vol. in-16. — Lehmann (Ch.). Vollkommner Blumen-Garten im Winter. *Leipzig*, 1751, in-18. — Hönert (J.-W.). Blumen-Gartens. *Bremen*, 1761, 1 vol. in-18.

447. Bellair (G.). Les arbres fruitiers. 1891, 1 vol. in-18 avec fig. cart. — Berger (E.). Les plantes potagères et la culture maraîchère. 1893, 1 vol. in-18, avec fig. cart.

448. Bois (D.). Les Orchidées. 1893, 1 vol. in-18, avec fig. cart. — Les plantes d'appartement et les plantes de fenêtres. 1891, 1 vol. in-18, avec fig. cart.

449. Botanical congress and the international horticultural exhibition. *London*, 1866, 1 vol. gr. in-8, avec pl. — Oliver (D.). Economic botany of the royal gardens Kew. *London*, 1863, 1 vol. in-18.

450. De Candolle (A.-P.). Famille des Cactées. In-4, avec 21 pl. — Iridées, Butnériacées, Caspariées. 3 br. in-4 avec pl. — Famille des Crucifères. In-4, avec 2 pl.

451. Floriculture. 13 br. in-8, par Planchon, Duchartre, Bellair, etc.

452. Gayffier (de). Herbier forestier de la France. 1868-1879, livr. 1 à 24, in-fol. avec 120 pl.

453. Gerber. Maturation des fruits charnus. Gr. in-8, 279 p.

454. Greffes. 12 br. in-8 et in-4, avec pl., par Thouin, Lefevre, St-Quentin, etc.

455. Horticulture, Agriculture. 16 vol. et br. in-8 et in-4, par Dehérain, — Chatin, cresson. — Roze, — Gloede, les bonnes fraises. — Devaux, — Viala, etc.

456. Horticulture, agriculture, sciences naturelles, etc. Un lot d 150 nos de Journaux divers.

457. Journal de la Société nationale d'horticulture de France. *Paris*, 1897, in-8.

458. Karr (A.). Voyage autour de mon jardin, édition illustrée par Freeman, Steinheil, Meissonnier, Gavarni, etc. *Paris, Curmer*, 1851, 1 vol. gr. in-8 de 516 p., avec pl. col. relié.

459. Lavallée (A.). Arboretum Segrezianum. Icones selectæ arborum et fruticum in hortis Segrezianis collectorum. 1885, 1 vol. gr. in-4, avec 36 pl. noires et col. — Arboretum Segrezianum. 1877, 1 vol. in-8.

460. Lavallée (A.). Les Clématites à grandes fleurs. 1884, 1 vol. gr. in-4, avec 24 pl.

461. Lemaire (C.). Cactearum aliquot novarum. 1838, in-4, avec 1 pl. — Horticulture en France et à l'étranger. 12 br. in-8, par Baltet, Dehérain, Raquet, etc.

462. Loiseleur-Deslongchamps. La rose. 1844, 1 vol. in-18. — Bel. La Rose. 1892, 1 vol. in-16, avec fig.

463. Maffre. Culture de l'olivier. 1844, in-8, 216 p. — Murier. 4 br. in-8, par Bonnafous, Bourdon, etc.

464. Martin (A.). Manuel de l'amateur de melons. 1827, 1 vol. in-18, avec pl. col. — Plantes alimentaires. 7 br. in-8, par Huzard, Gouin, Prat, etc.

465. Noury. Tarifs pour cuber les bois. 1840, 1 vol. in-18.

466. Planchon (J.-E.). Hortus Donatensis. Orchidées, 1858, 1 vol. in-4, avec atlas in-folio de 6 pl. col.

467. Pomme de terre (maladies de la). 7 br. in-8, par Aimé Girard, Prillieux, Payen, Thiéry, etc.

468. Pomme de terre (culture de la). 22 br. in-8 et in-4, par Aimé Girard, Schribaux, Sag_eret, Mérat, etc.

469. Reichenbach. Xenia orchidacea. Feuilles 1 à 9, avec pl. 1 à 30 noires et col. *Leipzig*, 1854, in-4. — Thiélens (A.). Les Orchidées de la Belgique et du Grand-Duché du Luxembourg. *Gand*, 1875, in-8, 87 p.

470. Roses, Orchidées, Chrysanthèmes. 10 br. in-8, par Timbal-Lagrave, Opoix, Wirtgen, Chalon, Pio, etc.

471. Vilmorin-Andrieux. Fleurs de pleine terre. 4ᵉ édit. 1894, 1 vol. gr. in-8, avec fig.

472. Vilmorin-Andrieux. Fleurs de pleine terre. 2ᵉ édit. 1866, 1 vol. in-12, rel.

473. Vriese (de). Goodenovieae. 1854, 1 vol. in-4 de 194 p., avec 38 pl. — Vriese (de) et Harting (P.). Monographie des Marattiacées. 1853, in-fol., avec 9 pl.

B. — *Botanique agricole et industrielle*

474. Brunotte (C.). Falsifications du thé. 1883, gr. in-8, avec 5 pl. — Biétrix. Le thé. 1892, 1 vol. in-16, avec fig. — Café et Thé. 4 br. in-8, par Vilmorin, Naudin, Bocquillon, etc.

475. Bulletin du Ministère d'agriculture. *Paris*, 1882 à 1896, 15 vol. gr. in-8.

476. Denaiffe. Manuel de culture fourragère. 1 vol. in-8. — Plantes fourragères. 14 br. in-8, par Rœderer, Goffart, Denaiffe, Clos, Schribaux, etc.

477. Céréales, blé, maïs. 10 br. in-8, par Dumas, Edwards, Baillet, Colin, etc.

478. Champs d'expériences. Enseignement agricole. 18 br. in-8 et in-4, avec pl., par Georges Ville, Dehérain, Bouchard, Thouin, etc.

479. Engrais, analyse des terrains. 16 br. in-8, par Dehérain, Moissan, Maquenne, etc.

480. Heuzé (G.). Les céréales, les produits farineux et leurs dérivés. 1881, gr. in-8, 186 p. — Cauvet. Essai des farines. 1888, 1 vol. in-16, avec fig. — Hausmann (N.-V.). Subsistances de la France. 1848, in-8.

481. Mueller (F. von). Select plants. Industrial culture or naturalisation in Victoria. 1876, 1 vol. in-8 de 293 p. — Iowa agricultural experiment station. 1892-1894, 4 fasc. gr. in-8, 360 pages, avec fig.

482. Parlatore (F.). Specie dei Cotoni. *Firenze*, 1866, in-4, 62 p. — Rondot (N.). Notice du vert de Chine et de la teinture en vert chez les Chinois. 1858, 1 vol. gr. in-8, avec pl.

483. Payen. Traité de la fabrication et du raffinage des sucres de cannes, de betteraves. 1832, 1 vol. in-8, avec 12 pl. — Betterave. 13 br. in-8, par Payen, Peligot, Dehérain, Petermann, etc.

484. Rambosson (J.). Histoires et légendes des plantes utiles et curieuses. 1868, 1 vol. gr. in-8, avec fig. et pl.

485. Société nationale d'agriculture de France. — Bulletin, 1897, nᵒˢ 1 à 9 — Mémoires, T. 137, 1896. — Table générale des principales matières contenues dans le bulletin de 1837 à 1894, par Louis Passy.

1 vol. in-8. — Bulletin de la Société des agriculteurs de France. Année 1897. Gr. in-8.

486. Vanière. L'économie rurale, traduction par Berland. 1756, 2 vol. in-18.

487. Vesque. Botanique agricole et industrielle. 1885, 1 vol. in-8, avec fig.

488. Ville (G.). L'école des engrais chimiques. 1869, in-18, 108 p., avec pl. — Sussex (de). Traité des engrais. 1851, in-8, 127 p. — Vimont. Les prairies L. Goetz. 1881, in-8, 108 p. — Pierre (I.). Etude sur le colza. In-8, 122 p.

C. — *Botanique médicale*

489. Cauvet. Solanées. 1864, 1 vol. in-4, avec 6 pl. — Maisonneuve (P.). Camphrier de Bornéo. 1875, in-8, avec 1 pl. — Van der Colme. Salsepareilles. 1870, gr. in-8, avec 4 pl. col.

490. Colladon (F.). Histoire naturelle et médicale des Casses. *Montpellier*, 1816, 1 vol. in-4, avec 20 pl.

491. De Candolle (A.-P. de). Propriétés médicales des plantes. 1816, 1 vol. in-8. — Smyttère (P.-J.-E.). Phytologie pharmaceutique et médicale. 1829, 2 parties en 1 vol. gr. in-8 — Soubeiran. Applications de la botanique à la pharmacie. 1855, in-8, 88 p.

492. Dethan. Acanthacées médicinales. 1896, in-4, 186 p., avec fig.

492 *bis*. Guibourt. Pharmacopée raisonnée. 3e édition. 1847, 1 vol. in-8. — Galtier. Traité de matière médicale. 1839, 2 vol. in-8. — Giacomini. Traité de matière médicale. 1842, 1 vol. in-8.

493. Hérail et Bonnet. Manipulations de botanique médicale et pharmaceutique. 1891, 1 vol. gr. in-8 avec 36 pl. et fig. cart.

494. Héraud. Dictionnaire des plantes médicinales. 2e édit. 1884, 1 vol. in-18 avec fig. cart.

495. Jacquemet (E). Ipécacuanhas. 1889, 1 vol. in-8, avec 19 pl. — Lanessan. Genre Garcinia. 1872, in-8, avec 1 pl.

496. Moitessier (A.). Propriétés des Solanées. *Montpellier*, 1856, in-8, 110 p. — Vautherin. Des graines du Croton Tiglium. 1864, in-8, 147 p. — Froelich (J.-A.). De Gentiana. *Erlangae*, 1796, in-8, 142 p., avec 1 pl. col.

497. Moquin-Tandon. Botanique médicale. 1861, 1 vol. in-18, avec fig. — Mottet (P.). Thérapeutique indigène. 1852, 1 vol. in-8.

498. Reichenbach (L.). Monographia generis Aconiti. *Lipsiae*, 1820, in-fol., avec 18 pl. col. cart. — Fleming. Aconitum Napellus. *London*, 1845, 1 vol. in-8. — Seringe. Genre Aconitum. *Genève*, 1823, in-4, avec 2 pl.

D. — *Viticulture*

499. Culture de la vigne. 16 br. in-8, par Sahut, Prillieux, Guyot, Thiercelin, etc.

500. Dussuc (E.). Les ennemis de la vigne. 1893, 1 vol. in-16. avec

fig. cart. — Bel (J.). Les maladies de la vigne. 1890, 1 vol. in-16, avec fig. cart.

501. Fitz-James (de). Pratique de la viticulture. 1893, 1 vol. in-18, avec fig. cart. — Saporta. La vigne et le vin dans le Midi de la France. 1894, 1 vol. in-16, avec fig. — Herpin (J.-C.). La vigne et le raisin. 1 vol. in-16.

502. Maladies de la vigne. 19 br. in-8, par Chambrelent, Sahut, Marès, Cauvy, etc.

503 Sempé (R.). Etude sur les vins exotiques. *Bordeaux*, 1882, 1 vol. in-18. — Campos da Paz. La questao dos vinhos. *Rio de Janeiro*, 1886, 1 vol. in-8. — La vigne et le vin. 11 br. in-8, par Sahut, Saint-Pierre, Duclaux, Tisserand, etc.

504. Vignes américaines et étrangères. 15 br. in-8, par Vialla, Marès, Cornu, Mouillefert, etc.

505. Vigne française. 10 br. in-8, par Pulliat, Guyot, Parandier, Gueyrard, etc.

506. Vigne et phylloxéra. 9 br. in-8, par Risler, Tochon, Lavallée, Basser, etc.

V. — ZOOLOGIE

I. — Zoologie générale

507. Bonaparte (Lucien). Osservazioni sullo stato della zoológia in Europa. *Firenze*, 1842, in-8. — Bazin (A.). Animaux connus des Anciens. In-8, 40 p. — Histoire de la zoologie et biographies, 6 br. in-8 et in-4, par Boué, etc.

508. Brehm. L'homme et les animaux. Description des races humaines et du règne animal. 10 vol. gr. in-8, avec nombreuses fig., et pl.

509. Brocchi (P.). Traité de zoologie agricole et industrielle. 1886, 1 vol. gr. in-8, avec fig. cart.

510. Carus (V.). Histoire de la zoologie. 1880, 1 vol. in-8.

511. Comte (A.). Le règne animal. 91 tableaux représentant 5.000 figures. *Paris*, 1840, 1 vol. gr. in-fol., rel.

512. Cuvier (G.). Tableau de l'histoire naturelle des animaux. *Paris*, an VI, 1 vol. in-8, avec 14 pl. — Iconographie du règne animal. *Paris*, 1829-1844, 2 vol. gr. in-4. — Anatomie comparée. 1836-1846, tome I et tome IV (2 ex.), ens. 3 vol. in-8.

513. Duvernoy (G.-L.). Histoire naturelle des corps organisés. 1839-1851, 4 vol. in-8, avec 3 pl. — Geoffroy Saint-Hilaire (Is.). Histoire naturelle des règnes organiques. Tome I. 1854, 1 vol. in-8.

514. Edwards (H.-Milne). Eléments de zoologie. 2e édit. 1840-1843, 4 parties in-8, avec fig.

515. Gervais (P.). Zoologie et paléontologie générales. 1867-1869, 1 vol. gr. in-4, avec fig., et atlas de 50 pl.

516. Girod (P.). Manipulations de zoologie. 1889-1892, 1 vol. gr. in-8, avec 57 pl. noires et col. cart.

517. Latreille. Familles naturelles du règne animal. 1825, 1 vol.in-8. — Blanc (A.). Leçons de zoologie générale. 1848, 1 vol. in-16.— Kner. Zoologie médicale. 1862, 1 vol. in-18.

518. Lesson (R.-P.).Centurie zoologique. 1830, 1 vol. gr. in-8, avec 80 pl. cart. (manque pl. 9, 42, 44, 51, 64, 71, 77).

518 *bis*. Linné (C.). Fauna Suecica. *Stockholmiae*, 1746, 1 vol. in-8, avec 2 pl. rel.

519. Pallas (P.-S.). Miscellanea zoologica. *Hagae Comitum*, 1766, 1 vol. in-4, avec 14 pl. — Spicilegia zoologica. *Berolini*, 1767-1780, 14 fascicules en 1 vol. in-4, avec 58 pl. cart.

520. Pline. Zoologie, trad. par Ajasson de Grandsagne. *Paris*, 1831, 2 vol. in-8. cart.

521. Sicard (H.). Eléments de zoologie.1883, 1 vol. in-8, avec fig.— Gérardin (L). Traité de zoologie. 1893, 1 vol. in-8, avec fig.

522. Société cuviérienne (Revue zoologique de la).1838-1848, 11 vol. in 8. — Revue et magasin de zoologie. 1849 à 1873 et 1875,25 vol. in-8, avec pl. noires et col.

523. Société zoologique de France (Bulletin et mémoires). 1876 à 1885, 10 vol. gr. in-8.

524. Trouessart. Au bord de la mer, les animaux et les plantes des côtes de France. 1893, 1 vol. in-16, avec fig. — Géographie zoologique. 1890, 1 vol. in-16, avec fig. et 2 cartes.

II. — Anatomie et Physiologie comparées

525. Alix (E.). L'esprit de nos bêtes. 1890, 1 vol. gr. in-8, avec fig.

526. Alliot. La vie dans la nature et dans l'homme. 1869, 1 vol. in-18, avec fig.—Chauvet. Esprit, force et matière. 1866,1 vol. in-12. — Gabillot. Phénomènes de la vie. *Paris*, 1841, 1 vol. in-8. — Girard (Ch.). La vie. 1860, in-12.— Girard. Principes de biologie. 1872, in-18.— Lemoine (E.). Causes premières de la vie animale. 1862, in-18. — Labouverie (Ch.). Force vitale. 1855, in-8.

527. Balfour (F.).Traité d'embryologie et d'organogénie comparées. 1885, 2 vol. in-8, avec fig.

528. Beaunis (H.). Eléments de physiologie humaine. 3e édit. 1888, 2 vol. gr. in-8, avec fig. cart.

529. Beaunis (H.). Evolution du système nerveux. 1890, 1 vol. in-16, avec fig. — Herzen. Le cerveau et l'activité cérébrale. 1881, 1 vol. in-16.— Foveau de Courmelles. Facultés mentales des animaux. 1890, 1 vol. in-16, avec fig.

530. Bernard (Cl.). Propriétés physiologiques et altérations pathologiques des liquides de l'organisme. 1859, 2 vol. in-8, avec fig. — Substances toxiques et médicamenteuses. 1883, 1 vol. in-8, avec fig.

531. Bernard (Cl.). Physiologie et pathologie du système nerveux. 1858, 2 vol. in-8, avec fig. — Pathologie expérimentale, propriétés de la moelle épinière. 1880, 1 vol. in-8.

532. Bernard (Cl.). Physiologie opératoire. 1879, 1 vol. in-8, avec fig. noires et col. — L'Œuvre de Claude Bernard. 1881, 1 vol. in-8, avec portrait.

533. Bert (P.). Physiologie comparée de la respiration. 1870, 1 vol. in-8, avec fig. — Gréhant. Poisons de l'air. 1890, 1 vol. in-16, avec fig. — Andral et Gavarret. Composition du sang. 1842, in-8. — Acide carbonique exhalé par les poumons. 1843, in-8, avec pl.

534. Bischoff (T.-L.-G). Développement de l'homme et des mammifères. 1843, 1 vol. in-8. — Demetriesco. Ovules mâles. 1870, in-8, avec 3 pl.

535. Breschet (G.). Études anatomiques, physiologiques et pathologiques de l'œuf. 1835, in-4, avec 6 pl. — Pouchet (F.-A.). Ovulation. 1847, 1 vol. in-8.

536. Breschet (G.). Organe de l'ouïe et de l'audition. 1836, in-4, avec 13 pl.

537. Breschet (G.). Le système lymphatique. 1836, 1 vol. in-4, avec 4 pl. — Raciborski (A.). Système veineux, 1841, in-4, 310 p. — Barthez (F.). Vaisseaux absorbants. 1844, in-8.

538. Cerveau et Moelle épinière. 9 br. in-8, par Chauveau, Brown-Sequard, Dean, etc.

539. Chatin (J.). Organes des sens dans la série animale. 1880, 1 vol. in-8, avec fig. — Eloui. Recherches histologiques sur le tissu connectif de la cornée. 1881, gr. in-8, avec 6 pl. chromo.

540. Chatin (J.). La cellule animale. 1892, 1 vol. in-16, avec fig. — Dugés. Conformité organique dans l'échelle animale. 1832, in-4, avec 6 pl. — Dhéré. Nutrition dans la série des animaux. *Paris*, 1826, 1 vol. in-8.

541. Chauffard (P.-Em.). La vie. 1878, 1 vol. gr. in-8. — Bouchut. La vie et ses attributs. 2e édit. 1876, 1 vol. in-18.

542. Cloquet (J.) Anatomie descriptive. 1825, 4 vol. in-4, avec 340 pl.

543. Cœur et circulation. 15 br. in 8 et in-4, par Brown-Sequard, Malassez, Marey, Chauveau, etc.

544. Colin (G.) Traité de physiologie comparée des animaux. 3e éd. 1888, 2 vol. in-8, avec fig.

545. Cuvier. Anatomie comparée. 1836-1846, 8 tomes en 9 vol in-8.

546. Davaine. Anomalies de l'œuf. 1861, in-8, avec 2 pl. — Blanc (L.) Les Anomalies chez l'homme et les mammifères. 1893, 1 vol. in-16, avec fig.

547. Digestion. 19 br. in-8 et in-4, par Turner, Brown-Sequard, Hollard, Chevreul, etc.

548. Dugès (Ant.). Traité de physiologie comparée. *Montpellier*, 1838-1839, 3 vol in-8, avec pl. — Blaud (P.). Physiologie philosophique. *Paris*, 1830, 3 vol. in-8.

549. Dutrochet. Histoire anatomique et physiologique des végétaux et des animaux. 1837, 2 vol. in-8, avec atlas de 30 pl. — Dutrochet. Force épipolique. 1842-1843, 2 vol. in-8, avec 2 pl.

55o. Edinger. Anatomie des centres nerveux. 1889, 1 vol. in-8, avec
fig. — Faivre (E.). Histologie comparée du système nerveux.
1857, in-4, 106 p. — Sarlandière. Système nerveux. *Paris*, 1840,
1 vol. in-8, avec 6 pl.

551. Edwards (W. F.). Influence des agents physiques sur la vie.
Paris, 1824, 1 vol. in-8.

552. Embryologie. 14 br. in-8 et in-4 par Claude Bernard, Coste
(avec pl.), S'lavianski, Ranvier (avec 2 pl. col., etc.)

553. Encyclopédie anatomique. par G.-T. Bischoff, Henle, Huschke,
Sœmmering, F.-G. Theile, G. Valentin, J. Vogel, G. et E. We-
ber; traduit par A.-J.-L. Jourdan. 1843-1847, 8 vol. in-8, avec 1
atlas.

554. Flourens (P.). Anatomie et physiologie comparées. 1844,
gr. in-4, avec 8 pl. col. — Développement des os et des dents.
1841, in-4, avec 12 pl. col. — Théorie de la formation des os.
1847, in-8, avec 7 pl.

555. Flourens (P.). Fonctions et propriétés du système nerveux. 2ᵉ
éd. 1842, 1 vol. in-8. — Brown-Séquard. Propriétés et fonctions
de la moelle épinière. 1856, in-8. — Baillarger (J.). Circonvolu-
tions du cerveau. 1840, in-4, avec 2 pl.

556. Frédéricq (L.). Manipulations de physiologie. 1892, 1 vol. gr.
in-8 avec fig., cart.

557. Gadeau de Kerville (H.). Animaux et végétaux lumineux. 1889,
1 vol. in-16 avec fig. — Charpentier (A.). La lumière et les couleurs. 1888, 1 vol. in-16, avec fig.

558. Galien. Œuvres anatomiques et physiologiques. 1854-1857, 2
vol. gr. in-8.

55g. Gavoy (E.). L'Encéphale. 1886, 1 vol. in-4 de texte et 1 atlas de
59 pl. in-4.

56o. Génération. 13 br. in-8 et in-4, par Brown-Séquard, Wagner,
S'laviansky (avec 2 pl.), Geoffroy St Hilaire, etc.

561. Geoffroy Saint-Hilaire (Is.). Histoire des Anomalies de l'organisation. 1832-1836, 3 vol. in-8 et 1 atlas de 20 pl. — Dubrueil
(J.-M.). Anomalies artérielles. 1847, 1 vol. in-8 et 1 atlas in-4 de
17 pl. col.

562. Hales (E.). Hæmastatique ou la statique des animaux. *Genève*, 1844, 1 vol. in-4, avec pl. rel. — Housset (J.-P). Mémoires
physiologiques et d'histoire naturelle. *Auxerre*, 1787, 2 vol. in-8.
rel. — Heide (A. de). Experimenta circa sanguinis missionem,
fibras motrices. *Amstelodami*, 1686, 1 vol. in-18, avec pl. rel.

563. His (W.). Anatomie menschlicher Embryonen. Parties 1 à 3.
Leipzig, 1880-1885, 3 vol. in-8, avec fig.

564. Hoffmann (G.-F.). Bestimmung des Werthes von Species und
Varietat. *Giessen* 1869, in-8, 171 p., avec pl. — Espèces et races
4 br. in-8, par Bertin, Gérard, Netto, etc.

565. Houssay (F.). Industries des animaux. 1890, 1 vol. in-16, avec
fig. — Girod. Sociétés chez les animaux. 1891, 1 vol. in-16, avec
fig.

566. Huxley. Problèmes de la biologie. 1892, 1 vol. in-16. — L'évo-

lution et l'origine des espèces. 1892, 1 vol. in-16, avec fig. — Science et Religion. 1893, 1 vol. in-16.

567. Legros (Ch.) et Magitot (E.). Follicule dentaire chez les mammifères. 1879, gr. in-8, avec 6 pl. noires et col. — Blandin. Anatomie du système dentaire. 1836, in-8, avec 1 pl. — Oudet. Accroissement continu des incisives. 1850, in-8. — Bert (P.). Greffe animale. 1863, in-4.

568. Lereboullet (A.). Structure du foie et foie gras. 1853, in-4, avec 4 pl. col. — Duméril (A.). Texture des glandes. *Paris*, 1844, in-8, 127 p. — Beauvisage. Les matières grasses. 1892, 1 vol. in-16, avec fig. cart.

569. Leuret et Gratiolet. Anatomie comparée du système nerveux. 1839-1857, 2 vol. in-8 et 1 atlas de 32 pl. in-fol.

570. Livon (Ch.). Manuel des vivisections. 1882, 1 vol. in-8, avec fig. noires et col. — Muller et Littré. Manuel de physiologie. 2e édit. 1851, 2 vol. in-8, avec fig.

571. Macquart (J.). Facultés intérieures des animaux invertébrés. *Lille*, 1850, 1 vol. in-8. — Collineau (J.-C.). Analyse physiologique de l'entendement humain. 1843, 1 vol. in-8.

572. Mandl (L.). Anatomie microscopique. 1838-1857, 2 vol. in-folio, avec 92 pl.

573. Marey (E.-J.). La méthode graphique dans les sciences expérimentales. *Paris*, 1878, 1 vol. gr. in-8 avec fig. — Pidoux (H.). Les lois de la circulation du sang. *Paris*, 1870, 1 vol. in-8.

574. Martin-Saint-Ange (J.-G.). Iconographie pathologique de l'œuf humain fécondé. 1884, 1 vol. in-4, avec 19 pl. chromolith. cart.

575. Matteucci (C.). Phénomènes électro-physiologiques des animaux. 1844, 1 vol. in-8, avec pl. — Robert. Magnétisme animal. 1824, 1 vol. in-8. — Becquerel et Breschet. Chaleur animale. 1839, in-4.

576. Morel et Villemin. Traité d'histologie humaine. 3e édition. 1879, 1 vol. in-8, avec fig. et 1 atlas de 36 pl. — Robin (Ch.). Cours d'histologie. 1870, 1 vol. in-8.

577. Muscles. 11 br. in-8 et in-4, par Ranvier (avec pl.), Brown-Sequard, Chauveau, etc.

578. Organes des sens. 16 br. in-8 et in-4, avec pl., par Brown-Sequard, Chauveau, Ranvier, Dor, Poncet, Chevreul, etc.

579. Ostéologie et ostéogénie. 13 br. in-8 et in-4, par Geoffroy St-Hilaire, Heusung, Boehmer, etc.

580. Peau. 13 br. in-8 et in-4, avec pl., par Malassez, Renaut, Ludwig, etc.

580 *bis*. Pennetier. Loi de production des sexes. In-8. — Duméril (A.). Évolution du fœtus. 1846, in-8, 164 p. — Auvard. Genese et durée de la grossesse dans l'espèce humaine. In-8.

581. Perrier (R.). Eléments d'anatomie comparée. 1893, 1 vol. in-8, avec fig. et 8 pl. col.

582. Ranvier (L.). Anatomie générale. 1880-81, 2 vol. in-8, avec fig.

583. Respiration. 11 br. in-8 et in-4, avec pl., par Ranvier, Brown-Sequard, Lacassagne, etc.

584. Robin (Ch.). Anatomie et physiologie cellulaires. 1873, 1 vol.
in-8, avec fig. — Leçons sur les humeurs. 2e édit. 1874, 1 vol.
in-8, avec fig.

585. Robin (Ch.). Evolution de la notocorde. 1868, 1 vol. in-4, avec
12 pl.

586. Robin (Ch.). Anatomie microscopique. 1868, 1 vol. gr. in-8.
— Histologie comparée. 15 br. in-8 et in-4, par Ranvier, Blainville, Cuvier, Alferow, etc.

587. Robin (Ch.) et Verdeil (F.). Chimie anatomique et physiologique. 1853, 3 vol. in-8, avec atlas de 45 pl. en partie col.

588. Rousseau (E.). Anatomie comparée du système dentaire. 1839,
1 vol. gr. in-8, avec 30 pl.

589. Sang. 16 br. in-8 et in-4, par Chevreul, Malassez, Brown-Sequard, etc.

590. Serres (E.). Anatomie comparée du cerveau. *Paris*, 1824, atlas
in-4 de 16 pl.

591. Serres (E.). Anatomie comparée transcendante. Principes
d'embryogénie. 1859. 1 vol. in-4, avec 20 pl.

592. Serres (E.). Anatomie transcendante et pathologique. 1832, 1
vol. in-4, avec atlas de 20 pl. in-folio.

593. Sicard. Évolution sexuelle. 1892, 1 vol. in 16, avec fig. —
Baudet-Dulary. Harmonies physiologiques. 1844, 1 vol. in-8, avec
22 pl.

594. Société anatomique de Paris(Bulletins de la). Années 1826,1829,
1837, 1838, 1839 5 vol. in-8 et 29 nos des années 1856 à 1875.

595. Société de biologie (Comptes-rendus de la). Année 1897,gr. in-8.

596. Swan. Névrologie. 1838, 1 vol. in-4, avec 25 pl.

597. Système nerveux. 13 br. in-8 et in-4, avec pl., par Wagner,
Brown-Sequard, Chauveau, Dean, etc.

598. Virey. La physiologie dans ses rapports avec la philosophie.
1844, 1 vol. in-8 — Depierris (A.). Physiologie générale. 1842,
1 vol. in-8. — Guérineau (J.). Théorie physiologico-physique.
Poitiers, 1857, 2 vol. in-8.

599. Vogel (J.). Icones histologiae pathologicae. *Leipzig*, 1843, gr.
in-4, avec 26 pl. col.

600. Vrolik. Collection d'anatomie. *Amsterdam*, 1865, 1 vol. in-8. —
Gruber (W.). Abhandlungen aus der menschlichen und vergleichen-
den Anatomie. *Saint-Pétersbourg*, 1852, 1 vol. in-4, avec 11 pl.
— Grant (R.). Outlines of comparative Anatomy. *London*, 1841, 2
parties en 1 vol. in-8, avec fig. rel.

601. Ziegler. Atonicité et zoïcité. 1874, 1 vol. in-12, avec pl. — Lutte
pour l'existence entre l'organisme animal et les algues microscopiques. 1878, 1 vol. in-12.

III. — Protozoaires, Zoophytes et Vers

602. Agassiz (L.). Monographies d'échinodermes vivants et fossiles.
Anatomie du genre Echinus. *Neuchâtel*, 1842, 1 vol. in-4. — Cu-

vier (G). Anatomie des Ascidies. In-4, avec 3 pl. — D'Orbigny.
Crinoïdes vivants et fossiles. Un lot de texte et de pl.

6o3. Blanchard (E.). Organisation des vers. 1849, gr. in-8, 67 p.,
1 pl. — Dujardin. Helminthes. 1845, 1 vol. in-8. — Faune française. Zoophytes et Néréïdes. Atlas in-8 de 10 pl. col.

6o4. Bremser. Traité des vers intestinaux de l'homme. 1837, 1 vol.
in-8, avec atlas in-4 de 15 pl. — Smith (A.). Human entozoa.
1863, 1 vol. in-8, avec fig. cart. — Laveran (A.). Nature parasitaire de l'impaludisme. 1881, in-8, avec 2 pl.

6o5. Brouardel et Grancher. Trichinose d'Emersleben. 1884, 1 vol.
in-8, avec 2 pl. chromo-lith. et 3 cartes. — Discussion sur la
Trichinose. 1883, in-8. — Delpech. Trichines et Trichinose. 1866,
in-8. — Scoutetten. Trichines. 1866, in-8, avec 1 pl. — Bertet.
Des Parasites de l'homme. In-8.

6o6. Cuvier (G.). Vers et Zoophytes. 1869, 1 vol. in-8, avec 37 pl.
contenant 55o fig.

6o7. Davaine (C.). Traité des entozoaires et des maladies vermineuses. 2e édit. 1877, 1 vol. in-8, avec fig.

6o8. Davaine (C.). L'œuvre. 1889, 1 vol. in-8, avec pl.

6o9. Davaine (C.). Anguillule du blé niellé. 1857, gr. in-8, avec
3 pl. — Pouchet (F.-A.). Animaux ressuscitants. 1859, in-8, avec
fig. — Laurent (P.). Organes élémentaires des végétaux. 1858,
1 vol. in-4, avec 24 pl.

6io. Derheims. Histoire naturelle des sangsues. 1825, 1 vol. in-8,
avec 6 pl. — Vayson. Guide des éleveurs de sangsues. 2e édit.
1855, in-8. — Sauvé. Fonctions et hygiène des sangsues. 1856,
in-8. — Levieux (Ch.). Elève des sangsues. 1853, in-8. — Martin
(J.). Histoire des sangsues. 1845, in-8.

6i1. D'Orbigny. Histoire naturelle des crinoïdes vivants et fossiles.
1840, gr. in-4, avec 14 pl. — Edwards (Milne) et Haime (J.). Recherches sur les polypiers. Fongides. Gr. in-8, 56 p. —Foritides.
Gr. in-8, 44 p., 1 pl.

6i2. Ellis (J.). Natuurlyke historie van de Koraal-Gewassen. *S'Gravenhage*, 1756, 1 vol. in-4, avec 40 pl. rel.

6i3. François (Ph.). Système nerveux central des Hirudinées. 1885,
gr. in-8, 112 p., 9 pl.—Ebrard. Sangsues médicinales. 1857, 1 vol,
in-8, avec fig. dont 76 col.

6i4. Frédéricq. Lutte pour l'existence chez les animaux marins. 1889,
1 vol. in-16, avec fig. — Jourdan (E.). Les sens chez les animaux
inférieurs. 1889, 1 vol. in-16, avec fig.

6i5. Hirudinées. 9 br. in-8, par Soubeiran, Fischer, Latreille, Saint-Amans, etc.

6i6. Infusoires. 12 br. in-8, par Balbiani, Dujardin, Logan, Redding, etc.

6i7. Laurent (P.). Animalcules des infusions végétales. 1854-1858,
2 vol. in-4, avec 46 pl. — Laurent (L.). Recherches sur l'hydre
et l'éponge d'eau douce. 1844, 1 vol. gr. in-8, avec atlas in-fol.,
de 6 pl. col.

6i8. Maurice (Ch.). Etude d'une espèce d'Ascidie composée, *Liège*,

1888, 1 vol. gr. in-8, avec 7 pl. — Terquem. Classement des animaux qui vivent sur la plage et dans les environs de Dunkerque. 1875-1879, 3 parties in-8, 153 p., avec 16 pl. (manque pl. 3). — Cuvier (G.). Anatomie des Ascidies. In-4, avec 3 pl.

619. Moquin-Tandon. Famille des Hirudinées. 1846, 1 vol. in-8, avec atlas de 14 pl. col.

620. Pallas. Elenchus zoophytorum. *Hagae-Comitum*, 1766, 1 vol. in-8. — Leske (N.-G.). Additamenta ad Jacobi Theodori Klein naturalem dispositionem Échinodermatum. *Lipsiae*, 1778, 1 vol. in-4. cart. — Bohadsch (J.-B.). De quibusdam animalibus marinis *Dresdae*, 1761, 1 vol. in-4, avec 12 pl. rel.

621. Parona (C.). Elmintologia Sarda. *Genova*, 1887, gr. in-8, 112 p., avec 3 pl. — Delle Chiaie. Elmintografia umana. *Napoli*, 1833, 1 vol. in-8, avec 6 pl. — Brera (L.). Sopra i principali vermi del corpo umano vivente. *Cremz*, 1802, 1 vol. in-4, avec 5 pl.

622. Polypiers et Echinodermes. 10 br. in-8 et in-4, par Lesueur, Lamarck, Lamouroux, Dareste, etc.

623. Pritchard (A.). The natural history of animalcules. *London*, 1834, 1 vol. in-8, avec 7 pl.

623 *bis*. Rietsch (M.). Géphyriens armés ou Echiuriens. 1886, gr. in-8, 202 p., 6 pl.

624. Robin (Ch.). Développement embryogénique des Hirudinées. 1875, 1 vol. in-4, avec 19 pl.

625. Schmidt (O.). Die Niederen Thiere. *Leipzig*, 1878, 1 vol. gr. in-8, avec fig. et pl.

626. Schumacher (Ch.-F.). Nouveau système des habitations des vers testacés. *Copenhague*, 1817, 1 vol. in-4, avec 22 pl.

627. Schweigger (F.). Anatomisch-physiologische Untersuchungen ueber Corallen. *Berlin*, 1819, 1 vol. in-4, avec 8 pl. col. cart.

628. Sellius (G.). Historia naturalis Teredinis seu Xilophagi Marini. *Trajecti ad Rhenum*, 1783, 1 vol. in-4, avec 4 pl. rel — Baker (H.). Histoire naturelle du Polype insecte. *Paris*, 1744, 1 vol. in-18, avec 22 pl.

629. Spongiaires, Radiolaires, Rotifères, Foraminifères. 11 br. in-8 par Schlumberger, Topsent, Carter, Studer, etc.

630. Vers et zoophytes. 11 br. in-8, par Mörch, Certes, Blanchard, Barrois, etc.

631. Vers et zoophytes d'Amérique 13 br. in-8, par Edm. Perrier, Edwards, Carter, Rang, etc.

632. Vers et zoophytes d'Europe. 11 br. in-8, par Krohn, Lebert, Rang, Le Bianco, etc.

633. Vers et zoophytes de France. 11 br. in-8 et in-4, avec pl., par Quatrefages, Dujardin, Pouchet, etc.

634. Vers intestinaux. 16 br. in-8, par Donnadieu, Kuhn, Cobbold, Davaine, Kuchenmeister, etc.

635. Werner. Vermium intestinalium, praesertim taeniae humanae. *Lipsiae*, 1782-1788, 3 parties in-8 avec 18 pl.

IV. — Mollusques

636. Anatomie et physiologie des Mollusques, 9 br. in-8, par Blanchard, Grant, Pouchet, Laurent, etc.

637. Bernardi (A.). Genres Galatea et Fischeria. 1860, in-8 avec 9 pl. — Genre Conus. 1862, in-4 avec 2 pl.

638. Blainville (Ducrotay de). Manuel de malacologie et de conchyliologie. 1827, 1 vol. in-8 avec atlas de 100 planches.

639. Bosc. Coquilles. An X, 5 vol. in-18, avec pl.

640. Bourguignat (J.-R.). Spicilèges malacologiques. 1862, 1 vol. in-8, avec 15 pl. en partie col.

641. Brehm. Les Mollusques, les Vers, les Echinodermes, les Zoophytes et les Protozoaires. 1 vol. gr. in-8, avec fig. et 20 pl.

642. Brown (Th.). Illustrations of the land and fresh water Conchology. *London*, 1845, 1 vol. gr. in-8, avec 27 pl. col. cart.

643. Canefri (C.-T.). Zoologia nel viaggio interno al globo. Malacologia. *Torino*, 1874, in-4, 161 p, avec 4 pl. col. — Molluschi terrestri delle Molucche e di Selebes. 1883, gr. in-8, 35 p., 1 pl.

644. Chenu (J.-C.). Bibliothèque conchyliologique. 1845, 5 vol. gr. in-8, avec pl. rel.

645. Crouch (E.-A.). An illustrated introduction to Lamarcks Conchiology. *London*, 1827. gr. in-4, avec 22 pl. cart. — Menke (C.-Th.). Synopsis methodica molluscorum. *Pyrmonti*, 1830, 1 vol. in-8, rel.

646. Cuvier. Les Mollusques. 1868, 1 vol. in-8, avec 36 pl. contenant 520 figures.

647. Cuvier. Les Mollusques, du Règne animal. 1 vol. gr. in-8 de 50 pl. col., avec texte explicatif.

648. Cuvier. Mollusques. 7 br. in-4, avec pl.

649. Desallier d'Argenville. La conchyliologie. *Paris*, 1780, atlas in-4 de 80 pl. rel.

650. Deshayes. Conchyliologie de l'île de la Réunion. 1863, 1 vol. gr. in-8, avec 14 pl.

651. Deshayes. Mollusques. 8 br. in-8, avec pl. noires et col.

652. Ducros de St-Germain. Genre Oliva de Bruguières. 1857, 1 vol. in-8, avec 3 pl.

653. Dumont (F.) et Mortillet G.). Mollusques terrestres et d'eau douce de la Savoie et du bassin du Léman. *Genève*, 1857, in-8, 104 p. — Colbeau (J.). Excursions et découvertes malacologiques faites en quelques localités de la Belgique. 1863-1865, gr. in 8. 100 p., 1 pl. col.

654. Férussac et Deshayes (G.-P.). Histoire naturelle, générale et particulière des Mollusques terrestres et fluviatiles. 1820-1851, 4 vol. gr. in-4, dont 2 volumes de texte et 2 atlas de 247 pl.

655. Férussac et Deshayes. Histoire naturelle, générale et particu-

lière des Mollusques terrestres et fluviatiles. 1820-1851, 4 vol. in-4
et gr. in-4, avec 247 pl. noires et col.
  (Manque pl. **3, 5 à 7, 7 A, 11, 12, 24, 27, 28, 32 A, 53 A, 60, 75 B, 84, 108,**
  fossiles 3).

656. Grateloup. Mollusques terrestres et fluviatiles vivants de la Gironde. 1853-1859, in-8, viii-196 p. — Drouët (H.). Mollusques
vivants de l'Aube. *Troyes*, 1855, in-8, avec 1 carte col. — Grognot. Mollusques testacés de Saône-et-Loire. 1863, 1 vol. gr. in-8.

657. Gratiolet (P.). Brachiopodes. La Lingule anatine. 1860, in-8,
avec 4 pl. — Cailliaud. Mollusques perforants. 1856, in-4, avec
3 pl. — Beneden (Van). L'Argonaute. 1838, in-4, avec 6 pl. — Blainville. Animal de la Spirule. 1837, in-8, avec fig.

658. Gregorio (A. de). Conchiglie mediterranee viventi e fossili. *Siena*,
1885, 1 vol. in-8, avec 5 pl.

659. Guérin-Méneville. Mollusques du Magasin de zoologie, 1 vol.
in-8 contenant 63 pl. col., avec texte explicatif. cart.

660. Hermannsen. Indicis generum Malacozoorum primordia. *Cassel*,
1846-1849, 2 vol. in-8. — Supplementa et corrigenda. *Cassel*, 1852,
in-8 (manque p. 473 à 476 du Tome II).

661. Issel (A.). Molluschi Borneensi. *Genova*, 1874, gr. in-8, avec
4 pl.

662. Journal de Conchyliologie. Mai 1851, — oct. 1860, — avril 1864,
— juillet 1867, — janvier 1868, — juillet et oct. 1876, — janvier
1892. 8 vol. in-8.

663. Kiener (L.-C.) et Fischer. Species général et iconographie des
Coquilles vivantes, comprenant la collection du Muséum d'histoire
naturelle de Paris, les collections de Lamarck et de Delessert, con-
tinuées par M. P. Fischer. 1837-1880, 12 vol. in-8, avec 902 planches coloriées.

664. Kiener et Fischer. Species général et iconographie des Coquilles.
Genre Turbo. 1 vol. in-8, 128 p., avec 43 pl. col.

665. Kiener et Fischer. Species général et iconographie des Coquilles
Genre Troque. 1 vol. in-8, 480 p., avec 120 pl. col.

666. Klein (J.-Th.). Methodus Ostracologiae. *Lugduni-Batavorum*,
1753, 1 vol. in-4, avec 12 pl.

667. Lea (I.). A synopsis of the family of Naïades. *Philadelphia*,
1852, 1 vol. gr. in-4. — Binney (A.). A Monograph of the Heli-
ces inhabiting the United States. New species of Anculotus. 1 vol.
in-8, avec 10 pl.

667 *bis*. Locard. Les huîtres et les mollusques comestibles. 1890,
1 vol. in-16, avec fig. — Sainte-Marie. De l'huître et de son
usage. *Lyon*, 1827, in-8.

668. Mollusques d'Afrique. 12 br. in-8, avec pl., par Deshayes, Issel,
Morelet, Webb, Moquin-Tandon, etc.

669. Mollusques d'Angleterre. 12 br. in-8, par Sowerby, Carpenter,
Gray, Gosse, etc.

670. Mollusques d'Asie. 11 br. in-8, avec pl., par Paladilhe, Issel,
Villa, Bourguignat, etc.

671. Mollusques de l'Amérique méridionale. 9 br. in-8 et in-4, par
Michelin, Gervais, Fischer, Rang, etc.

672. Mollusques de l'Amérique du Nord. 8 br. in-8, par Tryon, Lea, Prime, etc.

673. Mollusques de Belgique, d'Allemagne et de Russie. 12 br. in-8, par Van Beneden, Nyst, Pelseneer, Klees, etc.

674. Mollusques fluviatiles. 9 br. in-8, par Grateloup, Dujardin, Moquin-Tandon, etc.

675. Mollusques de France. 9 br. in-8, par Saint-Simon, Piré, Godron, etc.

676. Mollusques d'Italie, d'Espagne et de Portugal. 12 br. in-8 et in-4, avec pl., par Nobre, Pini, Paulucci, Villa, etc.

677. Mollusques marins. 12 br. in-8 et in-4, par Lamarck, Férussac, Chatin, etc.

678. Mollusques de l'Océanie. 10 br. in-8, par Pease, Woods, Eydoux, Caillaud, etc.

679. Mollusques terrestres. 12 br. in-8, par Gassies, Fischer, Grateloup, Lewis, etc.

680. Moquin-Tandon (A.). Histoire naturelle des Mollusques terrestres et fluviatiles de France. 1855, 2 vol. gr. in-8, avec atlas de 54 pl.

681. Moquin-Tandon (G.). Recherches sur l'Ombrelle de la Méditerranée. 1870, gr. in-8, 135 p., 8 pl.

682. Paulucci. Fauna malacologica, specie terrestri e fluviatili nella Calabria. *Roma*, 1880, 1 vol. gr. in-8, avec 9 pl.

683. Paulucci. Fauna malacologica Italiana. *Siena*, 1881, 1 vol. gr. in-8, avec 5 pl.

683 *bis*. Pelseneer (P.). Lamellibranches. Liège, 1891, 1 vol. gr. in-8, 165 p., 18 pl.

684. Pfeiffer (C.). Novitates Conchologicae. Mollusca extramarina. Livr. 1 à 12. *Cassel*, 1854-1860, 1 vol. in-4, avec 36 pl. col. rel. — Livr. 15 et 16, in-4, avec 6 pl. col.

685. Pfeiffer (C.). Symbolae ad historiam Heliceorum. *Cassellis*, 1841-1846, 3 parties en 1 vol. in-8, rel. — Monographia Auriculaceorum viventium. *Cassellis*, 1856, 1 vol. in-8. — Catalogue of Pulmonata or airbreathing Mollusca of the British Museum. *London*, 1855, in-18, 192 p.

686. Potiez (V.) et Michaud. Galerie des Mollusques du Muséum de Douai. 1838-1844, 2 vol. gr. in-8, avec 1 atlas de 70 pl.

687. Quatrefages (de). Gastéropodes Phlébentérés 1844, 1 vol. gr. in-8, avec 4 pl. — Les Noctiluques et la phosphorescence de quelques animaux marins. 1850, 1 vol. gr. in-8, 1 pl.

688. Rang (Sander). Aplysiens. 1828, 1 vol. in-4, avec 25 pl. col.

689. Rang (Sander) et Souleyet. Mollusques Ptéropodes. 1852, 1 vol. in-4, avec 15 pl. col. (*les pl. 12 à 15 sont noires*).

689 *bis*. Sicard (H.). Zonites Algirus 1874, gr. in-8, avec 4 pl. — Power (J.). La Bulla Lignaria, l'Astérias, l'Octopus vulgaris, la Pinna Nobilis, reproduction des Testacés univalves marins, l'Argonauta Argo. 1860, gr. in-8, 76 p.

690. Sowerby. The genera of recents and fossils Shells. *London*, 1820-1824, livr. 1 à 27, avec 162 pl. col. in-8. — Thesaurus Con-

chyliorum). Ancillaria, Eburna, Pseudoliva, Cyllene, Terebellum, Erato, Nassaria and Phos. *London*, 1859, 1 vol. gr. in-8, avec 12 pl. col.

691. Spinelli (B.). Molluschi terrestri e fluviatili della provincia Bresciana. *Verona*, 1856, gr. in-8, 66 p., 1 pl. — Benoît (L.). Illustrazione de Testacei estramarini della Sicilia. *Napoli*, 1857-1862, livr. 1 à 4, texte seul, gr. in-4.

692. Valenciennes. Animal de la Panopée australe. 1839, in-4, avec 6 pl. — Le Nautile flambé. 1841, in-4, avec 4 pl.

693. Vogt (C.). Embryogénie des mollusques gastéropodes. 1846, gr. in-8, 90 p., 4 pl. — Lacaze-Duthiers (H.). Organisation et développement du Dentale. Appareil de la vie de relation. Gr. in-8, 67 p. 2 pl.

694. Voyage autour du monde de *la Bonite*. Mollusques. 42 pl. col. in-fol.

V. — Crustacés, Arachnides et Vers

1. — Entomologie générale

695. Allard (E.). Mélanges entomologiques. *Bruxelles*, 1883, gr. in-8, 52 p. — Gadeau de Kerville (H.). Mélanges entomologiques. *Rouen*, 1883-1885, 3 mém. in-8.

696. Anatomie, physiologie et tératologie des insectes. 14 br. in-8 et in-4, avec pl., par Magretti, Schäfer, Chalande, Latreille, etc.

697. Brehm. Les Insectes, les Myriapodes et les Arachnides. 2 vol. gr. in-8, avec fig. et 36 pl.

698. Chabrier (J). Vol des Insectes. 1 vol. in-4, avec 4 pl. — Lyonet (L.). Anatomie et métamorphoses des Insectes. 1832, 2 vol. in-4, avec 54 pl.

699. Charpentier (de). Horae entomologicae. *Vratislaviae*, 1855, 1 vol. in-4, avec 9 pl. col.

700. Coquebert. Illustratio iconographica insectorum quae observavit et in lucem edidit J. C. Fabricius. 1799, gr. in-4, avec 30 pl. col.

701. Fischer de Waldheim. Spicilegium entomographiae Rossicae. 1844, gr. in-8, 144 p., 3 pl. col. — Sharp (D.). Insecta. 1886, 1 vol. in-8 de 330 p.

702. Girard (Maurice) Les Insectes. Traité élémentaire d'entomologie. 1873-1885, 3 vol. in-8, avec atlas de 118 pl.

703. Guérin-Méneville. Insectes du Magasin de Zoologie. 1 vol. in-8, contenant 55 pl. col., avec texte explicatif. cart.

704. Guérin-Méneville et Percheron. Genera des Insectes. 1835-1838, 1 vol. in-8, avec 60 pl.

705. Histoire de l'entomologie et biographie des entomologistes. 15 br. in-8, par Scudder, Gadeau de Kerville, Leveillé, Amyot, Berg,

etc. — Bonvouloir. Catalogue de la Bibliothèque de la Société entomologique. *Paris*, 1867, in-8.

706. Lamarck (J.-B.), Deshayes et Milne-Edwards. Histoire naturelle des animaux sans vertèbres. 2e édit. 1835-1845, 11 vol. in-8.

707. Lesser. Théologie des insectes.*La Haye*, 1742, 2 tomes en 1 vol. in-8, avec pl. rel. — Vallot. Concordance systématique, servant de table des matières à l'ouvrage de Réaumur, intitulé : *Mémoires, pour servir à l'Histoire des Insectes.* 1802, in-4, 198 p. — Lacordaire. Introduction à l'entomologie. Atlas, liv. I, 12 pl. col., in-8.

708. Linné (C.). Entomologia, faunae Suecicae descriptionibus aucta. Curante C. de Villers. *Lugduni*, 1789, 4 vol. in-8, rel.

709. Massalongo (O.). Nuova contribuzione alla fauna entomologica del Veronese. *Verona*, 1896, 1 vol. gr. in-8, avec 6 pl.

710. Montillot. L'amateur d'insectes. 1890, 1 vol. in-18, avec fig. cart. — Girard (M.). Métamorphoses des insectes. 1867, 1 vol. in-18, avec fig.

711. Riley. Insect Life. Vol. II, 1889-1890, nos 4 à 6, 8 à 10. — Vol. III, 1890-1891, nos 2 à 5, 7 à 10. — Vol. IV, nos 1 à 10. *Washington,* gr. in-8.

712. Robineau-Desvoidy. Organisation vertébrale des crustacés, des arachnides et des insectes.*Paris*, 1821, 1 vol. in-8, avec 1 pl.

713. Société entomologique de France (Annales de la). Années 1861 à 1887, 28 vol. in-8, en livr.

714. Société entomologique de France (Bulletin des séances et bulletin bibliographique). Un lot de numéros des années 1892 à 1895. In-8.

715. Société entomologique de Belgique (Annales de la). Années 1857-1861, 5 vol. gr. in-8.

716. Thomson. Arcana naturæ. 1859, 1 vol. in-folio, avec 12 pl.

717. Thomson. Archives entomologiques. 1857, 2 vol. gr. in-8, avec 35 pl.

2. — *Crustacés*

718. Bellonci (G.). Squilla Mantis. *Genova,* 1878, gr. in-8, avec 7 pl. col.

719. Crustacés. 17 br. in-8 et in-4, avec pl., par Edwards, Filippi, Hesse, Vogt, etc.

720. Cuvier. Crustacés du Règne animal. 1 vol. gr. in-8, 64 pl. col., avec texte explicatif.

721. Edwards (Alph.Milne-). Crustacés récents de la famille des Portuniens. 1861, 1 vol. in-4, avec 11 pl.

722. Edwards (H.-Milne-). Crustacés. 1834-1840, 3 vol. in-8.

723. Ewards (H.-Milne-). Crustacés nouveaux ou peu connus. 1854-55, 1 vol. in-4, avec 8 pl.

724. Edwards (H.-Milne-) et Lucas (H.). Crustacés nouveaux ou peu connus. 1841, 1 vol. in-4, avec 5 pl. color. — Audouin (V.) et Edwards (H.-Milne). Crustacés nouveaux ou peu connus. 1841, in-4, avec 3 pl. col.

725. Mocquard (F.). Recherches anatomiques sur l'estomac des Crustacés podophtalmaires. 1884, 1 vol. gr. in-8, avec 11 pl.

726. Van der Hoeven (J.). Recherches sur les Limules. *Leyde*, 1838, 1 vol. in-fol., avec 7 pl. cart. — Faune française. Crustacés. Atlas in-8 de 12 pl. — Voyage autour du monde de *la Bonite*. Crustacés. 4 pl. col. in-fol.

3. — *Arachnides et Myriapodes*

727. Arachnides d'Asie, d'Afrique et d'Amérique. 12 br. in-8, avec pl., par Simon, Mégnin, Lucas, Dollfus, etc.

728. Arachnides d'Europe. 10 br. in-8, avec pl., par Simon, Pavesi, Parona, Karsch, etc.

729. Arachnides de France. 10 br. in-8, par Walckenaer, Lucas Simon, etc.

730. Bertet. Les Parasites de l'Homme. In-8. — Lanquetin (E.). La gale et l'animalcule qui la produit 1859, gr. in-8, avec pl. — Lévy. Gale. In-8.

731. Canestrini (G. et R.). I Gamasi Italiani. *Padova*, 1882, 1 vol. gr. in-8, avec 7 pl.

732. Insectes parasites de l'homme et des animaux. 12 br. in-8, avec pl., par Bourgeois, Dugès, Forest, etc.

733. Myriapodes. 5 br. in-8, avec pl., par Chalande, Lucas, Porat, Wagner, etc.

734. Nicolet. Acariens des environs de Paris. 1855, 1 vol. in-4, avec 10 pl. col.

735. Keyserling (E.). Familie Orbitelae Latr., oder Epeïridae Sund. *Dresden*, 1864, 1 vol. gr. in-8, avec 7 pl.

736. Nunez (J.). Venin de la tarentule. 1866, 1 vol. in-8. — Ozanam. Venin des Arachnides. 1856, in-8, 88 p.

737. Pavesi (P.). Aracnidi del regno di Scioa. *Genova*, 1855, gr. in-8, 105 p. — Thorell (T.). Studi sui ragni Malesi e Papuani. T. III. *Genova*, 1 vol. gr. in-8 de 720 p.

738. Simon (E.). Monographie des espèces européennes de la famille des Attides. 1867, 2 parties in-8, ens. 260 p., avec 3 pl. — Aranéides nouveaux ou peu connus du midi de l'Europe. 1870, gr. in-8, 90 p.

739. Simon (E.). Arachnides de l'Yemen méridional. 1882, gr. in-8, 56 p., 1 pl. — Aranéides nouveaux ou peu connus du midi de l'Europe. 1870, gr. in-8, 90 p.

740. Thorell (T.). Remarks on synonyms of European Spiders. *Upsala*, 1870-1873, 1 vol. gr. in-8.

741. Thorell (T.). Primo saggio sui Ragni Birmani. *Genova*, 1887, 1 vol. gr. in-8 de 417 p.

742. Walckenaer et Gervais. Aptères. Atlas de 41 pl. in-8.

4. — Diptères et Hémiptères

743. Bedel (L.). Brachycérides du bassin de la Méditerranée. 1873, in-8, 94 p., 1 pl. — Bigot. Diptères. 19 br. in-8.

744. Diptères d'Afrique et d'Asie. 9 br. in-8, par Coquerel, Sallé, Laboulbène, etc.

745. Diptères d'Amérique. 9 br. in-8, par Osten Sacken, Mik, etc.

746. Diptères d'Europe. 15 br. in-8, par Beling, Laboulbène, Schirner, Mik, etc.

747. Ferrari. Hemiptera Agri Ligustici. *Genova,* 1874, gr. in-8, 103 p. — Signoret (V.). Cydnides de la collection du musée civique d'histoire naturelle de Gênes. 1881, gr. in-8, 37 p.

748. Hémiptères exotiques. 11 br. in-8, avec pl., par Stal, Distant, Lethierry, etc.

749. Hémiptères indigènes. 9 br. in-8, par Mayr, Lucas, Signoret, Robineau-Desvoidy, etc.

750. Lichtenstein. Génération des pucerons. 1878, gr. in-8, avec 2 pl. — Spinola (Max.). Insectes hémiptères, rhynchotes. 1840, 1 vol. in-8.

751. Osten-Sacken. Diptera of North America. *Washington,* 1858, gr. in-8, 92 p.

752. Osten-Sacken. Diptera of the Malay archipelago. *Genova,* 1881, gr. in-8, 104 p. — Supplément, 1882, gr. in-8, 11 p.

753. Reuter. Hemiptera Gymnocerata Scandinaviae et Fenniae. Cimicidae. *Helsingforsiae* 1875, 1 vol. in-8 de 206 p.

754. Zetterstedt (J.-W.). Diptera Scandinaviae. *Lundae,* 1842, 1 vol. in-8, cart.

5. — Lépidoptères

755. Anatomie, physiologie et tératologie des Lépidoptères. 10 br. in-8, par Mulder, Wesmael, Breyer, Guénée, etc.

756. Aurivillius (Ch.). New genus and species of Harpacticida. *Stockholm,* 1879, in-8, avec 4 pl. — Sven Lampa. Förteckning ofver Skandinaviens och Finlands macrolepidoptera. *Stockholm,* 1885, in-8, 137 p.

757. Bertoloni (J.). Historia Lepidopterorum agri Bononiensis. *Bononiae,* 1844, 1 vol. in-4.

758. Boisduval. Lépidoptères du Guatémala. 1870, gr. in-8, 100 p. — Lépidoptères de la Californie. Gr. in-8, 94 p.

759. Coupin (H.). L'amateur de papillons. 1895, 1 vol. in-18, avec fig. cart. — Chenu. Papillons. 2 tomes en 1 vol. gr. in-8, avec fig., et pl. rel.

760. De L'Orza. Lépidoptères japonais. 1869, gr. in-8, 49 p. Boisduval. Lépidoptères de la Californie. 1852, in-8, 52 p. — Bremer et Grey. Schmetterlings-Fauna der nordlichen China. 1853, gr. in-8.

761. Lepelletier de Saint-Fargeau. Faune française. Lépidoptères. In-8, 96 p., avec 23 pl. — Boisduval. Genera et index methodicus Europaeorum Lepidopterorum. *Parisiis*, 1840, 1 vol. in-8, rel. — Heylaerts. Psychides de la faune Européenne. *Bruxelles*, 1881, gr. in-8.

762 et 763. Lépidoptères de l'Amérique Méridionale. 13 br. in-8, avec pl., par Bar, Berg, Honrath, Weyenbergh, etc.

764. Lépidoptères de l'Amérique du Nord. 13 br. in-8, par Scudder, Ragonot, Lucas, etc.

765. Lépidoptères d'Angleterre, de Suède, d'Islande et de Belgique. 12 br. in-8, par Mac Lachlan, Ragonot, Stal, Aurivillius, Becker, etc.

766. Lépidoptères d'Asie, d'Afrique, et d'Océanie, 8 br. in-8, avec pl., par Guénée, Aurivillius, Dewitz, Mabille, etc.

767. Lépidoptères de Corse et de Provence. 8 br. in-8, par Bellier, Mabille, etc.

768. Lépidoptères de France. 14 br. in-8, par Guénée, Piochard, Goosens, Bellier, Lafaury, etc.

769. Lépidoptères d'Italie et d'Espagne. 9 br. in-8, par Cornalia, Marott, Failla-Tedaldi, Bellier de la Chevignerie, etc.

770. Lépidoptères de la Suisse et de l'Allemagne. 14 br. in-8, avec pl., par Dewitz, Tetens, Kolbe, Fallou, Guénée, Dorfmeister, etc.

771. Les Papillons de France. *Paris, Rothschild*, 1880, 1 vol. in-8, avec fig., et 19 chromolith. cart. tr. rouges.

772. Scudder (S.-H.). Historical sketch of the generic names proposed for butterflies. *Salem*, 1875, 1 vol. in-8. — Kirby (W.-F.). Manual of European butterflies. 1862, 1 vol. in-8, cart.

6. — *Névroptères et Orthoptères*

773. Névroptères. 9 br. in-8, avec pl., par Pictet, Girard, Castelnau, etc.

774. Névroptères européens et exotiques. 10 br. in-8, par Hagen, Sélys Longchamps, Bormans, Mac Lachlan, etc.

775. Orthoptères. 10 br. in-8, par Dubrony, Bormans, Scudder, Westwood, etc.

776. Sélys-Longchamps (de). Monographie des Caloptérygines. 1854, gr. in-8, avec 14 pl. — Monographie des Gomphines. 1856, gr. in-8, avec 23 pl. — Ens. 1 vol. rel.

777. Sélys-Longchamps (de). Revue des Odonates ou Libellules d'Europe. *Bruxelles*, 1850, 1 vol. in-8, avec 11 pl. rel. — Synopsis des Cordulines. *Bruxelles*, 1871, in-8, 128 p. — Additions, 1874, in-8, 24 p.

778. Sélys-Longchamps (de). Odonates de Sumatra. *Genova*, 1889, gr. in-8, 43 p. — Odonates de la Nouvelle-Guinée. 1879, gr. in-8, 38 p. — Odonates du Japon. *Bruxelles*, 1883, gr. in-8, 66 p.

7. — Coléoptères

779. Allard (E.). Essai monographique sur les Galérucites Aniso-
podes. 1860, 1 vol. in-8. —Essai de classification des Blapsides de
l'ancien monde. 1880, 4 parties in-8, ens. 200 p.

780. Audouin (V.) et Brûlé. Espèces nouvelles de Cicindélètes.1839,
in-4. — Percheron (A.). Monographie des Passales. 1835, 1 vol.
in-8, avec 7 pl. — Deyrolle (A.). Zoophysites, 1866, in-8, avec
2 pl. col.

781. Baudi (F.). Coleotteri Eteromeri del R. Museo zoologico de Torino. 1877-1878, 2 parties gr. in-8, 163-263 p.

782. Baudi (F.). Tenebrioniti della fauna Europea e circummediter-
ranea. 1874-1876, 3 mém. gr. in-8.

783. Berg (C.). Coleoptera nova Argentina. 1889, gr, in-8, 54 p. —
Bolivar (J.). Pirgomorfinos. *Madrid*, 1884, gr. in-8, 154 p., 4 pl.

784. Bonvouloir (H. de). Famille des Eucnémides. 1870, 1 vol. in-8,
avec 42 pl.

785. Bourgeois (J.). Lycides nouveaux ou peu connus. 1882-1889,
2 mém. gr. in-8. — Candèze (E.). Métamorphoses de quelques
coléoptères exotiques. *Liège*, 1861, gr. in-8, 86 p., 6 pl. — Capiomont (G.). Tribu des Hypérides. 1867, in-8, 144 p., 2 pl.

786. Candèze (E.). Métamorphoses de quelques coléoptères exotiques. *Liège*, 1861, gr. in-8, 86 p., 6 pl. — Elatérides nouveaux.
Bruxelles, 1882, gr. in-8, 117 p.

787. Capiomont. Tribu des Hypérides. 1868, 1 vol. in-8, avec 6 pl.

788. Carabiques. 10 br. in-8, avec pl., par Linder, Gehin, Castelnau, Stewart, etc.

789. Casey (L.). Revision of the Stenini of America North of Mexico.
Philadelphia, 1884, 1 vol. gr. in-8 de 206 p., avec 1 pl. — Descriptive and systematic coleopterology of North America. 1884,
1 vol. gr. in-8 de 138 p.

790 et 791. Coléoptères de l'Afrique centrale et orientale. 17 br. in-8,
avec pl., par Gestro, Chapuis, Albertis, Quedetfeldn, Lefèvre, Chevrolat, Percheron, Bourgeois, etc.

792. Coléoptères de l'Afrique occidentale. 12 br. in-8, avec pl., par
Lucas, Sharp, Gromelle, Putzeys, Léveillé, etc.

793. Coléoptères d'Algérie. 10 br. in-8, avec pl., par Tournier, Fairmaire, Lucas, Faust, Reiche, etc.

794. Coléoptères d'Allemagne. 15 br. in-8, par Schaufuss, Krauss,
Kornel, Lajos, Wustnei, etc.

795. Coléoptères d'Alsace. 11 br. in-8, par Puton, Marmottan, Gozis,
Saulcy, etc.

796. Coléoptères de l'Amérique méridionale. 10 br. in-8, avec pl., par
Fairmaire, Kirsch, Grouvelle, Sharp, etc.

797. Coléoptères de l'Amérique du nord. 9 br. in-8, par Sharp, Schaup,
Sahlberg, etc.

798. Coléoptères d'Angleterre. 12 br. in-8, par Sharp, Walker, Baer, etc.

799. Coléoptères des Antilles et du Chili. 8 br. in-8 et in-4, avec pl., par Rojas, Sallé, Chevrolat, etc.

800. Coléoptères de l'Asie Mineure et de la Syrie. 9 br. in-8, par Saulcy, Aubé, Sharp, Schaüfuss, etc.

801. Coléoptères de Belgique. 14 br. in-8, par Donckier, Bormans, Latzel, Preudhomme, etc.

802. Coléoptères du Brésil. 16 br. in-8, avec pl., par Hope, Harold, Newman, Regimbart, etc.

803. Coléoptères de la Chine et du Japon. 10 br. in-8, avec pl., par Lewis, Candèze, Gestro, Allard, etc.

804. Coléoptères de Corse et de Provence. 10 br. in-8, par Aubé, Fauvel, Grenier, Lucante, etc.

805. Coléoptères du Dauphiné et des Alpes. 12 br. in-8, par Abeille de Perrin, Mulsant, Brisout, Desbrochers, etc.

806. Coléoptères des environs de Paris. 13 br. in-8, par Allard, Brisout, Fauvel, Chevrolat, etc.

807. Coléoptères d'Espagne. 13 br. in-8, par Uhagon, Vuillefroy, Perris, Léon Dufour, etc.

808. Coléoptères d'Europe. 11 br. in-8, par Baer, Redtenbacher, Allard, Brisout, etc.

809. Coléoptères de l'Inde. 11 br. in-8, avec pl., par Sahlberg, Chevrolat, Grouvelle, Bourgeois, etc.

810. Coléoptères d'Italie. 13 br. in-8, avec pl., par Fiori, Tedaldi, Gestro, Bargagli, etc.

811. Coléoptères du Mexique et de la Colombie. 12 br. in-8, avec pl., par Harold, Bourgeois, Chevrolat, etc.

812. Coléoptères de l'Océanie. 12 br. in-8, par Gestro, Fowler, Thomson, Roelofs, Gorham, Sharp, etc.

813. Coléoptères des Pyrénées. 12 br. in-8, par Delherm, Chalande, Dufour, Brisout, etc.

814. Coléoptères de Russie et de Finlande. 12 br. in-8, par Leder, Shoyen, Wankowicz, Stierlin, etc.

815. Coléoptères de Suisse et de Grèce. 11 br. in-8, avec pl., par Fournier, Stierlin, Jekel, Gestro, etc.

816. Coupin (H.). L'amateur de coléoptères. 1 vol in-16, avec fig. cart. — Edwards (H.-Milne). Catalogue des Coléoptères du muséum d'histoire naturelle de Paris. 1850. 1 vol. gr. in-8.

817. Dejean, Boisduval et Aubé. Iconographie et histoire naturelle des coléoptères d'Europe. 1829-1834, 4 vol. in-8, avec 223 pl. col. rel.

818. Donckier (H.). Révision du catalogue des Staphylinides de la faune belge. *Bruxelles*, 1880, gr. in-8, 66 p. — Duvivier (A.) Staphylinides décrits depuis la publication du catalogue de Gemminger et Harold. *Bruxelles*, 1883, gr. in-8, 129 p.

819. Duvivier (A.). Staphylinides décrits depuis la publication du

catalogue de Gemminger et Harold. *Bruxelles*, 1883, gr. in-8,
129 p. — Fauvel (A.). Staphylinides des Moluques et de la Nouvelle-Guinée. 2e mém. *Genova*, 1879, gr. in-8, 60 p.

820. Fabricius. Systema Eleutheratorum. *Kiliae.* 1801, 2 vol. in-8.
rel. — Systema Antliatorum. *Brunsvigae*, 1805, 1 vol. in-8. cart.

821. Gaubil. Catalogue des Coléoptères d'Europe et d'Algérie. 1849,
1 vol. in-8. — Reiche (L.). Coléoptères d'Algérie. 1872, in-4, 44 p.

822. Gestro (R.). Coleotteri di Birmania. *Genova*, 1888, 2 mém. gr.
in-8, 62 p. — Colleotteri nel mar Rosso. *Genova*, 1889, gr. in-8,
72 p. — Fauna entomologica delle caverne in Italiae. Hispidae
Malesi e Papuane. Genere Myoderma. *Genova*, 1885, gr. in-8,
57 p., 1 pl.

823. Gory (H.) et Percheron (A.). Monographie des Cétoines. 1832-
1836, 1 vol. in-8, avec 77 pl.

824. Gyllenhal (L.). Insecta Suecica. Coleoptera. 1808-1827, 4 vol.
in-12. rel.

825. Harold (de). Lamellicornes Coprophages de l'Archipel Malais
de la Nouvelle-Guinée et de l'Australie boréale. *Genova*, 1877, gr.
in-8, 72 p. — Marseul (de). Histérides de l'archipel Malais ou
Indo-Australien. In-18, 98 p.

826. Jacoby (M.). Phytophagous coleoptera from the Indo-Malayan
and Austro-Malayan. *Genova*, 1886, gr. in-8, 81 p. — Phytophagous Coleoptera at Burmah and Tenasserim. *Genova*, 1889, gr.
in-8, 93 p.

827. Jekel. Catalogus genera et species Curculionidum de C. J.
Schoenherr. 1849, 1 vol in-18. — Schaum (H.). Catalogus Coleopterorum Europae. *Berlin,* 1859, in-8, 121 p. — Dejean. Catalogue
des Coléoptères de la collection Dejean. 3e édit. 1837, 1 vol. in-8,
cart.

828. La Ferté-Sénectère (de). Monographie des Anthicus. 1848,
1 vol. in-8, avec 17 pl.

829. Lecomte (J.-L.). Coleoptera of North America. *Washington,*
1863-1866, gr. in-8, 77 p. — Horn (H.). Species of Asaphes of
Boreal America. 1880, gr. in-8, 87, p. 2 pl. — Casey (L.). Descriptive and systematic coleopterology of North America. 1884,
1 vol. gr. in-8 de 138 p.

830. Mathieu. Catalogue des coléoptères de Belgique. Gr. in-8, 55 p.
— Preudhomme de Borre. Espèces de la tribu des Féronides de
Belgique. 1878, gr. in-8, 46 p. — Capiomont (G.). Révision de la
tribu des Hypérides. 1867, in-8, 144 p.

831. Olivier (E.). Catalogue des Lampyrides des collections du
musée civique de Gênes. *Genova*, 1885, gr. in-8, 42 p., 1 pl. col.
— Schaufuss (W.). Neue Pselaphiden in museo civico di storia
naturale zu Genua. 1882, gr. in-8, 51 p.

832. Pandelle (L.). Staphylins européens de la tribu des Tachyporini.
1868, in-8, 104 p. — Deyrolle (A.). Zoophosites. 1866, in-8, 176 p.
4 pl. col. — Duponchel. Genre Erotyle. In-4, avec 3 pl.

833. Preudhomme de Borre. Coléoptères du Brabant. 3 centuries.
1881-1883, 3 br. in-8, ens. 82 p. — Coléoptères de la province de
Liège. *Bruxelles*, 1881-1883, 3 mém. gr. in-8, 86 p.

834. Putzeys. Révision générale des Clivinides. 1867, gr. in-8, 242 p. — 1er suppl. 1868, gr. in-8, 22 p., avec 1 pl. — 2e suppl. 1873, gr. in-8, 8 p.

835. Reiche. Coléoptères. 10 br. in-8.

836. Reuter. Coleoptères et Hémiptères. 10 br. in-8.

837. Sahlberg (J.). Enumeratio coleopterorum Brachelytrorum. Staphylinidae. *Helsingfors*, 1876, 1 vol. in-8 de 247 p.

838. Sahlberg (J.). Bidrag till Tschuktsch-Halföns insektfauna Coleoptera och Hemiptera. 1879, gr. in-8, 71 p. — Thomson. Systema Cerambycidarum. 1864, 2 parties in-8.

839. Thomson (J.). Classification de la famille des Cérambycides. 1861, 1 vol. gr. in-8, avec 3 pl.

840. Thomson (J.). Cicindélides. 1859, 1 vol. in-4, avec 18 pl.

841. Uhagon (de). Especies espanolas del grupo Cholevae. 1890, gr. in-8, 96 p. — Desbrochers des Loges. Curculionides du nord de l'Afrique. *Bône*, 1884, in-8, 101 p.

842. Villa (B.). Coleopteri della Lombardia. *Milano*, 1844, gr. in-8, 77 p. — Coleoptera Europae. *Mediolani*, 1833, in-8, 66 p.

843. Zeller. Kenntniss der Coleophoren. 1849, in-8, 226 p.

8. — *Hyménoptères*

844. Dours. Catalogue des Hyménoptères de France. 1874, 1 vol. in-8.

845. Emery (C.). Formiche della regione Indo-Malese e dell'Australia. 1887, gr. in-8, 49 p., 2 pl. — Morawitz (F.). Bienen-Fauna Mittel-Asiens. 1880, gr. in-8, 76 p.

846. Girard. Les Abeilles. 3e édit. 1890, 1 vol. in-16, avec fig. — Delpech. Ruches d'abeilles. 1880, in-8.

847. Hyménoptères d'Amérique. 8 br. in-8 et in-4, avec pl., par Latreille, Cameron, Sichel, etc.

848. Hyménoptères d'Asie, d'Afrique et d'Océanie. 13 br. in-8, avec pl., par Gribodo, Cameron, Emery, Saussure, etc.

849. Hyménoptères d'Europe. 15 br. in-8, par Mocsary, Emery, Gribodo, Cameron, etc.

850. Hyménoptères de France. 9 br. in-8, avec pl., par Dufour, Lucas, Flamary, etc.

851. Kohl (F.). Die gattungen der Sphecinen und die palaearktischen Sphex-arten. 1885, gr. in-8, 54 p., 1 pl. — Wesmael. Ichneumonologica miscellanea. 1855, in-8, 78 p.

852. Lepelletier de Saint-Fargeau (Am.). Monographia Tenthredinetarum. 1823, 1 vol. in-8.

853. Mocsary (A.). Literatura Hymenopterorum. *Budapest*, 1882, gr. in-8, 122 p. — Mocsary (S.). Hymenoptera nova Europaea et exotica. *Budapest*, 1883, gr. in-8, 72 p.

854. Mocsary (S.). Adatok magyarorszag furkeszdarazsainak isme-

retehez. I. Ichneumones Wesm. *Budapest*, 1885, gr. in-8, 144 p.,
1 pl. col. — Ujabb adatok temesmegye hartyaropu faunajahoz.
Budapest, 1879, gr. in-8, 70 p.

855. Radoszkowski(O.). Faune hyménoptérologique transcaspienne.
St Pétersbourg, 1886, gr. in-8,54 p., avec 11 pl. —Genre Bombus.
1877, in-8, 70 p., 2 pl.

856. Saint-Hilaire (A. de). Guêpe Lecheguana. In-4, avec 5 pl. —
Abeilles et Guêpes. 9 br. in-8 et in-4, avec pl., par Latreille, Lubbock, Saussure, Treviranus, etc.

9. — *Entomologie appliquée*

857. Bargagli. Insetti commestibili. *Firenze*, 1877, in-8. — Latreille. Insectes peints ou sculptés sur les monuments de l'Egypte.
1819, in-4. — Insectes vivant en Société. 1817, in-4.

858. Dehaitre (F.). Industrie de la soie et de ses dérivés. 1890,1 vol.
in-4, avec fig. cart.

859. Graells. Le Phylloxera Vastatrix. *Madrid*, 1881, 1 vol. gr.in-8,
de 942 p. — Coutaret (C.-L.). De la maladie phylloxérique. 1880,
1 vol. in-8. — Vimont (G.). Progrès de l'invasion du phylloxéra
en France, et résultats obtenus par les divers traitements essayés.
1878, gr. in-8, 173 p.

860. Guérin-Méneville. Revue de Sériciculture comparée. 1863-1866,
4 vol. in-8. — Travaux entrepris pour introduire le ver à soie de
l'ailante en France et en Algérie. 1860, gr. in-8. — Culture de
l'ailante et de l'éducation du ver à soie. 1862, gr. in-8.

861. Insectes nuisibles aux céréales. 13 br., in-8, par Blanchard,
Laboulbène, Dufour, Herpin, etc.

862. Insectes nuisibles aux jardins et aux cultures. 14 br. in-8, par
Laboulbène, Prillieux, Cameron, Blanchard, etc.

863. Insectes nuisibles aux végétaux. 9 br. in-8, par Laboulbène,
Nicolet, Recopé, Tuniot, Hénon, etc.

864. Insectes nuisibles à la vigne (phylloxéra, pyrale, etc.). 17 br.
in-8, par Audouin, Signoret, Mouillefert, Lafitte, Lichtenstein, etc.

865. Laboratoire d'études de la soie. Rapports des années 1887-1890.
Lyon, 1889-1891, 2 vol. gr. in-8, avec fig. et pl.

866. Montillot. Insectes nuisibles. 1891, 1 vol. in-18, avec fig. cart.
— Vignon (L.). La soie. 1890, 1 vol. in-18, avec fig. cart.

867. Phylloxéra (le). Comités d'études et de vigilance. Rapports et
documents. *Paris*, 1877-1879, 3 vol. in-8, avec cartes et tableaux.

868. Vers à soie. 10 br. in-8, par Duclaux, Cornalia, Saulcy, Bellier, etc.

VI. — **Poissons**

869. Brehm. Les Poissons et les Crustacés. 1 vol. gr. in-8, avec fig.
et 20 pl.

870. Cuvier et Valenciennes. Histoire naturelle des Poissons. 1829-1846. Atlas de 650 planches in-8.

871. Cuvier (G.) Poissons. 6 br. in-4, avec pl. — Geoffroy St-Hilaire (E.). Poissons. 5 br. in-4, avec pl.

872. D'Orbigny. Voyage dans l'Amérique méridionale. Poissons. 1 vol. in-4, avec 16 pl. — Voyage autour du monde de *la Bonite*. Poissons. 9 pl. in-fol.

873. Duméril. Monographie des Esturgeons. In-4, avec 6 pl. — Trois poissons de la collection du Muséum. In-4, avec 2 pl. — Catalogue des poissons et catalogue de la ménagerie des reptiles. 1861, in-4.

874. Fée (F.). Système latéral du nerf pneumogastrique des poissons. 1869, in-4, avec 4 pl. — Breschet (G.). Organe de l'ouïe des poissons. 1838, in-4, avec 17 pl.

875. Folin (de). Pêches et chasses zoologiques. 1893, 1 vol. in-16, avec fig. — Sous les mers. Campagne d'exploration du *Travailleur* et du *Talisman*. 1887, 1 vol. in-16, avec fig.

876. Gobin (A). Pisciculture en eaux douces. 1889, 1 vol. in-16, avec fig. cart. — Pisciculture en eaux salées. 1891, 1 vol. in-16, avec fig. cart.

877. Lereboullet. Embryologie comparée. Recherches sur le développement du brochet, de la perche et de l'écrevisse. 1862, 1 vol. in-4.

878. Locard. La pêche et les poissons des eaux douces. 1891, 1 vol. in-16, avec fig. cart. — Gourret (P.). Pècheries et poissons de la Méditerranée. 1894, 1 vol. in-16, avec fig. cart.

879. Moreau (F.-A.). Mémoires de physiologie, vessie natatoire, torpille électrique, intestin, nerfs vasculaires. 1877, 1 vol. gr. in-8, avec 6 pl. cart.

880. Pisciculture. 7 br. in-8 et in-4, par Raveret, Wattel, Mulder, Imhoff, etc.

881. Poissons. 10 br. in-8 et in-4, avec pl., par Millosevich, Griffin, Valenciennes, Cuvier, etc.

882. Poissons d'Italie. 9 br. in-8, par Schutt, Imhoff, Morenos, etc.

883. Reguis. Poissons et Batraciens de la Provence. 1882, 1 vol. in-8. — Vallot. Ichthyologie française. 1837, 1 vol. in-8.

884. Rosenthal (F.). Ichthyotomische Tafeln. *Berlin*, 1839, 1 vol. in-fol. oblong avec 27 pl. cart.

885. Valenciennes. Ichthyologie des îles Canaries. 1836, in-4, avec 26 pl. — Castelnau (F.-D.). Poissons de l'Afrique australe. 1861, in-8.

886. Valenciennes. Cartilages des poissons et des mollusques. 1851, in-4, avec 5 pl. col. — Organe électrique du Malaptérure électrique. 1841, in-4, avec 1 pl. — Jobert. Appareils électriques des Poissons électriques. 1858, in-8, avec atlas, gr. in-fol. de 11 pl.

VII. — Reptiles.

887. Brehm. Les Reptiles et les Batraciens. 1 vol. gr. in-8, avec fig. et 20 pl.

888. Cuvier (F.-G.). Reptiles regardés encore comme douteux. 1807, 1 vol. in-4, avec 3 pl. — Geoffroy Saint-Hilaire. Organisation des Gavials. In-4, avec 2 pl. — Daubenton. Les animaux quadrupèdes ovipares et les serpents. 1 vol. in-4.

889. Daubenton et Bonnaterre. Les animaux quadrupèdes ovipares et les serpents. Herpétologie, Ophiologie. 1789-1790, 3 parties en 1 vol. in-4, avec 68 pl. rel.

890. Dugés. Ostéologie et myologie des Batraciens. 1834, 1 vol. in-4, avec 20 pl.

891. Duméril (C. et A.). Catalogue méthodique de la collection des reptiles du Muséum. 1851, gr. in-8. — Duméril (A.). Ménagerie des reptiles du Muséum. *Paris*, 1861, in-4. 125 p. — Reptiles nouveaux de la collection du Muséum. 2 mém. in-4, 56 et 152 p.

892. Duméril (A.). Reptiles et poissons de l'Afrique occidentale. 1861. in-4, 132 p. — Reproduction des Axolotls. In-4, avec 1 pl. col. — Monstruosités observées sur des Axolotls. In-4, avec 1 pl.

893. Gervais (Paul). Histoire naturelle des îles Canaries. Reptiles. 1844, 1 vol. in-fol., avec 1 pl. — Voyage autour du monde de *la Bonite*. Reptiles. 6 pl. in-fol.

894. Klein (J.-Th).) Tentamen herpetologiae. *Leidae*, 1855, 1 vol. in-4, avec 2 pl.

895. Reptiles indigènes et exotiques. 9 br. in-8 et in-4, avec pl., par Viaud Grand Marais, Daudin, Lacépède, Geoffroy, etc.

VIII. — Oiseaux

896 et 897. Bourjot-Saint-Hilaire. Les Perruquets. *Paris*, 1837-1838, collection de 95 pl. in-4, col.

898. Brehm. Les oiseaux. 2 vol. gr. in-8, avec fig. et 40 pl.

899. Cabanis. Journal für ornithologie. 1853, 1 vol. in-8, avec pl.

900. Cornevin. Les oiseaux de basse-cour. 1895, 1 vol. gr. in-8, avec fig. — Saint-Loup (Rémy). Oiseaux de basse-cour. 1895, 1 vol. in-16, avec fig. cart.

901. Cuvier. Oiseaux. 1870, 1 vol. in-8, avec 72 pl., contenant 464 fig.

902. Cuvier (F.). Supplément à l'histoire naturelle de Buffon. Oiseaux. 1832, 1 vol. in-8. — Gérardin (S.). Tableau d'ornithologie. *Paris*, 1806. 1 vol. in-4 d'atlas avec 46 pl. — Du Bus (R.). Esquisses ornithologiques. Livr. 1. 1845, in-4, avec 5 pl. col. — Voyage autour du monde de *la Bonite*. Oiseaux. 8 pl. col. in-fol.

903. Degland et Gerbe (Z.). Ornithologie européenne. 2e édit. 1867, 2 vol. in-8. — Potiez (V.). Galerie des oiseaux du Muséum de Douai. 1863, 1 vol. in-8.

904. Des Murs (O.). Iconographie ornithologique. 1845-1849, 12 livraisons gr. in-4, avec 42 pl. col.

905. Hamonville (D').Vie des Oiseaux. 1890, 1 vol. in-16, avec 18 pl. — Moreau (H.). L'amateur d'oiseaux de volière.1891. 1 vol. in-18, avec fig. cart.

906. Lesson (R.-P.). Colibris et Oiseaux-Mouches. 1 vol. gr. in-8, avec 66 pl. col. cart.

907. Lesson (R.-P.).Les Trochilidés.1 vol. gr. in-8,avec 66 pl. col. cart.

908. Mulsant (E.). Lettres à Julie sur l'ornithologie. Illustrées par Edouard Traviès. 1 vol. gr. in-8, avec 16 pl. col. rel.

909. Neugebauer (L.-A.). Systema venosum avium.1844, 1 vol. in-4, avec 15 pl. col. cart.

910. Oiseaux d'Europe. 9 br. in-8 et in-4, par Kuhse, Zurn, Isid. Geoffroy-St-Hilaire, Rochebrune, etc.

911, Oiseaux exotiques. 9 br. in-8 et in-4, par Forest, Merlato, Edwards, Cuvier, Geoffroy, etc.

912. Olphe-Gaillard. Faune ornithologique de l'Europe occidentale. 1884-1891, 40 fascicules in-8. (Ouvrage complet.)

913. Pucheran. Types peu connus de passereaux dentirostres. 1854-1855, in-4, avec 7 pl. col. — Oiseaux de proie nocturnes. 1844, in-4, avec 3 pl. col. — Oiseaux de la Nouvelle-Guinée. 1850, in-4.

914 Saint-Loup (Rémy). Les oiseaux de parcs et de faisanderies. 1896, 1 vol. in-16, avec fig. cart. — Lacroix-Danliard. La plume des oiseaux. 1891, 1 vol. in-18, avec fig. cart.

915. Schlegel (H.). Revue critique des Oiseaux d'Europe. *Leide*, 1844, 1 vol. in-8. — Eudes-Deslongchamps. Catalogue des oiseaux du musée de Caen appartenant à la famille des Trochilidés. 1880, 1 vol. in-8. — Savigny (J.-C.). Histoire de l'Ibis. 1805, 1 vol. in-8, avec 6 pl. col. cart.

916. Souancé. Iconographie des perroquets. 1857-1858, 1 vol. in-4, avec 43 planches color.

917. Temminck (C.-J.) et Meiffren Laugier. Nouveau recueil de planches coloriées d'oiseaux. 1822-1838, 5 vol. gr. in-4, avec 600 planches coloriées.

918. Temminck. Manuel d'ornithologie. T. I à III. 1820-1835, 3 vol. in-8. — Catalogue du cabinet d'ornithologie. 1807, 1 vol. in-8. — Classification des Oiseaux. 1817, in-8.

918 *bis*. Temminck et Werner. Les oiseaux d'Europe. Collection de 166 pl. col. In-8.

918 *ter*. Temminck et Werner. Les oiseaux d'Europe. Collection de 124 pl. col. In-8. (Qq. doubles.)

919. Trouessart. Oiseaux utiles. 1892. 1 vol. in-4, avec 44 planches d'après les aquarelles de Léo-Paul Robert. cart.

920. Vieillot. Histoire naturelle des oiseaux de l'Amérique septentrionale. 1807, 2 vol. in-folio, avec 132 pl.

IX. — Mammifères

921. Bowdich (E.). Natural classification of Mammalia. 1821, 1 vol. in-8, avec 15 pl. rel. — Klein (J.-Th.). Quadrupedum dispositio. *Lipsiae*, 1751, 1 vol. in-4, avec 5 pl. rel.

922. Brehm. Les Mammifères. 2 vol. gr. in-8, avec fig. et 40 pl.

923. Cornevin. Les petits mammifères de la basse-cour et de la maison. 1896, 1 vol. gr. in-8, avec fig., et 2 pl. col.

924. Cornevin (Ch.) et Lesbre. Traité de l'âge des animaux domestiques. 1895, 1 vol. gr. in-8, avec fig. — Dupont (M.-P.) L'âge du cheval et des principaux animaux domestiques. 1893, 1 vol. in-16, avec 30 pl. col.

925. Cuvier (F.). Espèces de Phoques. In-4, avec 4 pl. — Temminck. Cheiroptères frugivores et genre Simia. 1835, in-4, avec 13 pl. — Castel. Quadrupèdes. An VII, 7 vol. in-18, avec pl. cart.

926. Cuyer. Les allures du cheval. 1886, gr. in-8, avec 23 fig. et 1 pl. col. articulée.

927. D'Orbigny. Voyage dans l'Amérique méridionale. Mammifères. 1 vol. in-4, avec 23 pl.

928. Faune Française. Mammifères. In-8, 80 p., avec 4 pl. col. cart. — Lesson. Tableau du Règne animal. Mammifères. 1842, 1 vol. in-8. — Speciès des mammifères. 1840, 1 vol. in-8.

929. Ferville. L'industrie laitière. 1888, 1 vol. in-18, avec fig. cart. — Vernois et Becquerel. Analyse du lait. 1857, in-8. — Decroix. Recherches sur la viande de cheval. 1885, in-8.

930. Fischer (G.). Anatomie der Maki. *Frankfurt*. 1804, 1 vol. in-4, avec 24 pl. rel.

931. Geoffroy Saint-Hilaire (Is.). Description des Mammifères : Famille des Singes, 1844-1861, 3 Mémoires in-4, avec 17 pl. col. — Catalogue de la collection des Mammifères du Muséum d'histoire naturelle de Paris. 1851, gr. in-8. — Considérations générales sur les mammifères. 1826, 1 vol. in-18.

932. Gervais (P.). Histoire naturelle des mammifères. 1854, 1 vol. gr. in-8, avec fig., pl. noires et col. cart.

933. Gratiolet (L.-P.) et Alix (E.) Anatomie des Troglodytes Aubryi. 1 vol. gr. in-4, de 264 p. — Duvernoy. Caractères anatomiques des grands singes. 1856, 1 vol. in-4.

934. Jones (J.). American Vertebrata. *Washington*, 1856, 1 vol. in-4, de 137 p. — Burmeister (H.). Gattung Tarsius. *Berlin*, 1846, 1 vol. in-4, avec 7 pl. cart.

935. Lacroix-Danliard. Le poil des animaux et les fourrures. 1892, 1 vol in-18, avec fig. cart. — Guyot. Les animaux de la ferme. 1890, 1 vol in-18, avec fig. cart.

936. Mammifères d'Amérique. 9 br. in-8 et in-4, avec pl., par Owen, Cleland, Bosc, Cuvier, etc.

937. Mammifères d'Asie et d'Afrique. 11 br. in-8 et in-4, avec pl., par Geoffroy, Cuvier, Desmoulins, etc.

938. Mammifères d'Europe. 14 br. in-8 et in-4, avec pl. par Turner, Geoffroy Saint-Hilaire, Deperet, etc.

939. Mammifères de France. 14 br. in-8 et in-4, avec pl., par Flower, Duvernoy, Cornevin, Cuvier, etc.

940. Pallas (P.-S.). Novae species quadrupedum e glirium ordine. *Erlangae*, 1778, 1 vol. in-4, avec 27 pl. rel.

941. Pucheran. Genre Cerf. 1852, in-4, avec 8 pl. col.

942. Pucheran. Notices mammalogiques. 1856-1857, 2 parties in-8, avec 1 pl. — Mammalogie du Gabon. 1861, in-4, avec 3 pl. — Cerf des Philippines. 1855-1857, 2 parties in-8, avec 1 pl. col.

943. Reinwardt (C.). Enumeration mammalium Capensium. *Lugd.-Batav.*, 1832, 1 vol. in-4, avec 3 pl. col.

944. Temminck. Monographies de Mammalogie. 1827, 1 vol. in-4, avec 25 pl.

945. Temminck. Mammifères de la côte de Guinée. *Leiden*, 1853, 1 vol. in-8. — Cheiroptères frugivores et genre Simia. 1835, in-4, avec 13 pl.

946. Temminck. Cheiroptères frugivores et genre Simia. 1835, in-4, avec 13 pl. — Genres Phalanger, Sarigue, Dasyure. 1824, in-4, avec 8 pl. — Genres Rhinolophe, Nyctocleptes, Nyctophyle. 1838, in-4, avec 8 pl.

947. Tiedemann (F.). Icones cerebri Simiarum. *Heidelbergae*, 1821, in-fol., avec 5 pl. doubles. cart.

948. Voyage autour de monde de *la Bonite*. Mammifères. 10 pl. col. in-fol.

949. Vrolik (W.). Recherches d'anatomie comparée sur le Chimpanzé. *Amsterdam*, 1841, 1 vol. gr. in-fol., avec 7 pl. cart.

X. — Races humaines

950. Anthropologie anatomique. 11 br. in-8 et in-4, avec pl., par Tiedemann, Cuvier, Lacassagne, Chantre, etc.

951. Barbaste (W.). De l'homicide et de l'anthropophagie. 1856, 1 vol. in-8. — Lélut. Organe phrénologique de destruction chez les animaux. 1838, in-8, avec 1 pl. — Qu'est-ce que la phrénologie ? 1836, 1 vol. in-8.

952. Blanc (L.). Anomalies chez l'homme et les mammifères. 1893, 1 vol. in-16, avec fig. — Verneau. Monstruosités. Gr. in-8, avec fig. — Morel. Formation du type dans les variétés dégénérées In-8, avec 5 pl.

953. Brehm. Les races humaines. 1891, 1 vol. gr. in-8, avec fig.

954. Broc. Essai sur les races humaines. *Paris*, 1836, 1 vol. in-8, avec 2 pl. — Maupied (M.). Prodrome d'ethnographie. *Paris*, 1842, 1 vol. in-8. — Omalius d'Halloy. Races humaines. 1845, 1 vol. in-8.

955. Büchner (L.). L'homme selon la science. *Paris*, 1870, 3 parties en 1 vol. in-8.

956. Cabanis. Rapports du physique et du moral de l'homme. 8e édit. 1844, 1 vol. in-8.

957. Courtet de l'Isle (V.). Tableau ethnographique du genre humain

Paris, 1849, 1 vol. gr. in-8; avec 32 pl. — Deschamps. Etude des races humaines. *Paris*, 1859, 1 vol. in-8.

958. Davis (J.-B.). On synostotic crania. *Haarlem*, 1865, in-4, avec 11 pl. —Geoffroy Saint-Hilaire. Déformations du crâne de l'homme. In-4, avec 3 pl. — Anencéphales humains. In-4, avec 1 pl.

959. Engelmann. Pratique des accouchements chez les peuples primitifs. 1885, 1 vol. in-8, avec fig.

960. Ethnographie. 13 br. in-8 et in-4, par Dumont d'Urville, Bertillon, Lacassagne, etc.

961. Francotte. Anthropologie criminelle. 1891, 1 vol. in-16, avec fig. — Kocher. Criminalité chez les Arabes. 1884, 1 vol. gr. in-8. — Lacassagne. Les tatouages. Etude anthropologique. 1881, in-8, avec 36 pl.

962. Godron. De l'espèce et des races et spécialement de l'espèce humaine. 2 édit. *Paris*, 1872, 2 vol. in-8.

963. Huxley. Évolution et origine des espèces. 1892, 1 vol. in-16, avec fig. — Place de l'homme dans la nature. 1892, 1 vol. in-16, avec fig. — Perrier (E.). Le transformisme. 1888, 1 vol. in-16, avec fig.

964. Jourdanet (D.). Le Mexique et l'Amérique tropicale. 1864, 1 vol. in-18, avec une carte. — Godineau (L.). Etudes sur Karikal (côte de Coromandel). 1858, gr. in-8, avec 3 cartes. — Lesson (R.-P.). Voyage médical autour du monde sur la corvette *la Coquille*. *Paris*, 1829, 1 vol. in-8.

965. Lagneau. Remarques ethnologiques sur la répartition géographique de certaines infirmités en France. 1869, in-4, avec 5 pl. — Cheysson. La question de la population. 1885, in-8, avec fig. — Périer (J.-A.). Fragments ethnologiques. 1857, gr. in-8, 124 p. — Geoffroy Saint-Hilaire. Déformations du crâne de l'homme. In-4, avec 3 pl. — Bertillon. Mesure de la vie humaine. In-8.

966. Lenhossek (J. de.) Déformations artificielles du crâne. 1880, 1 vol. in-4, avec 3 pl. et 16 fig., cart.

967. Leroy-Beaulieu (P.). De la colonisation chez les peuples modernes. 1891, 1 vol. in-8. — Cerisier (Ch.). Impressions coloniales. 1893, 1 vol. in-8.

968. Moleschott (J.). Untersuchungen zur naturlehre des menschen und der thiere. *Frankfurt a M.*, 1856-1857, 3 vol. in-8.

969. Morache. Pékin et ses habitants. 1869, in-8, avec fig. — Durand-Fardel. La Chine. 1877, gr. in-8, 126 p. — Godet (G.). Les Japonais chez eux. 1881, in-8, 85 p.

970. Morel (B.-A.). Dégénérescences de l'espèce humaine. 1857, 1 vol. in-8, avec atlas de 12 pl. in-4.

971. Muller (J.). Histoire du genre humain. *Paris*, 1827, 2 vol. in-8.

972. Prichard. Histoire naturelle de l'homme. 1843, 2 vol. in-8.

973. Quatrefages (A. de). Les Pygmées. 1887, 1 vol in-16, avec fig. — Loret (V.). L'Egypte au temps des Pharaons. 1889, 1 vol. in-16, avec 18 photogravures.

974. Quatrefages (A. de) et Hamy. Crania ethnica. Les crânes des races humaines. 1882, 1 vol. in-4, avec fig. et 1 atlas in-4 de 100 planches.

975. Races humaines. 13 br. in-8 et in-4, par Pallas, Cuvier, Jardin, etc.

976. Sandifort (E.). Tabulæ craniorum diversarum nationum. *Lugd. Batav.*,1839-1843, 3 livr. in-fol., avec 18 pl. — Smith (S.). Causes of the variety of complexion and figure in the human species. *Philadelphia*, 1787, 1 vol. in-8.

977. Schack (S.). La physionomie chez l'homme et chez les animaux. 1887, 1 vol. in-8, avec 154 fig.

978. Taylor (I.). The origin of the Aryans. *London*, 1889, 1 vol. in-18. cart. — Gomme (G.-L.). The village community. *London*, 1890, 1 vol. in-18, avec fig., et cartes. cart.

979. Tchihatchef. Voyage scientifique dans l'Altaï oriental. 1845, 1 vol. in-4.

980. Verneau. Le bassin dans les sexes et dans les races. 1875, 1 vol. gr. in-8, avec 16 pl. — Sicard. Evolution sexuelle dans l'espèce humaine. 1892, 1 vol. in-16, avec fig.

981. Verneau. Rapport sur une mission scientifique dans l'archipel Canarien. 1 vol. gr. in-8, avec fig. et 4 pl. — Roisel. Les Atlantes. *Paris*, 1874, 1 vol. in-8. rel.

982. Vimont (J.). Traité de phrénologie. 1835, 2 vol. in-4, avec atlas in-folio de 134 planches, contenant plus de 700 fig.

983. Webb et Berthelot. Ethnographie des îles Canaries. 1842, 1 vol. gr. in-4, avec 2 pl.

III. — SCIENCES MÉDICALES

984. Barella. Alcoolisme. 1898, 1 vol. in-18. — Javal. Manuel du strabisme. Etui de 48 cartons ophtalmométriques.

985. Bulletin de l'Académie de Médecine. *Année* 1897, in-8.

986. Charcot, Bouchard et Brissaud. Traité de Médecine. T. I,1891, 1 vol. gr. in-8 (manque les p. 817 à fin). — Duplay (S.) et Reclus (P.). Traité de chirurgie. T. I. 1890, 1 vol. gr. in-8 (manque les p. 849 à fin).

987. Encyclopédie internationale de chirurgie, par Duplay, Bouilly, Segond, Schwarz, Ollier, Barwell, Solis Cohen, etc. *Paris*, 1888, 7 vol. gr. in-8, avec 2768 fig.

988. Hygiène. Rapports des commissions d'hygiène, ordonnances de police, service vétérinaire, falsifications) par Van Bastelaer, Vallin, Duprez, Brouardel, etc. 50 br. in-8 et in-4.

989. Jaccoud. Dictionnaire de médecine et de chirurgie pratiques, par Brouardel, Charpentier, Chauffard, Dieulafoy, Mathias Duval, Alf. Fournier, Lannelongue, Le Dentu, Panas, Proust, 40 vol. in-8.

990. Journal d'hygiène. *Année* 1897 (manque n° 1106). — Revue des maladies de la nutrition. *Année* 1897, in-8.

991. Médecine et pharmacie. 29 br. in-8 et in-4, par Remy. Morve chronique de l'homme. — Hallopeau. Toxines en dermatologie.— Bertillon. Mortinatalité. — Brouardel. Affaire Boisleux et La Jarrige. — Terrier. — Josias. — Lepage, etc.

992. Rapport général sur les travaux du conseil d'hygiène publique du département de la Seine, de 1890 à 1894. 1 vol. in-4. —Compte-rendu des séances du conseil d'hygiène publique et de salubrité. *Année* 1897, gr. in-8.

993. Recueil des travaux du comité consultatif d'hygiène publique de France. T. I à XI, XIII à XXII et T. XXVI. 1872-1896, 23 vol. in-8.

994. Vacher (F.). The food inspector's handbook. 1 vol. in-18, avec fig. cart. — Chevallier (A.). Dictionnaire des substances alimentaires. 1874, 1 vol. in-18, avec pl.

IV. — LITTÉRATURE

995. Chateaubriand. Essai de littérature anglaise. Paradis perdu de Milton. Congrès de Vérone. Mémoires d'outre-tombe. *Paris, Penaud frères,* 8 vol. in-8, avec gravures, cart. rognés.

996. Delavigne. Marino faliero. *Paris,* 1829, 1 vol. in-8. —Legouvé Médée. *Paris,* 1804, 1 vol. in-12. — Poirié. Cyprès et Palmistes. *Paris,* 1833, 1 vol. in-8.

997. Direction générale des douanes. Tableau général de navigation. 1897, 1 vol. in-fol.

998. Discours de réception à l'Académie française. Eloges de l'Académie des Beaux-Arts, de l'Académie des inscriptions, etc., 17 br., in-8 et in-4, par Campenon, Soumet, Guignaut, Mignet, Beulé, Delaborde, Fourier, etc.

999. Dorat. Les Prôneurs. *Paris,* 1777, 1 vol. in-8 (frontispice de Marillier.) — Dorat. Régulus et la feinte par amour. *Paris,* 1782, in-8 (frontispice de Marillier).

1000. Gauthier (Ch.). Jean et Jeannette. *Paris, Baudry,* 2 vol. in-8.

1001. Loir (M.). L'escadre de l'amiral Courbet. 1892, 1 vol. in-18.— Monteil. Vade-mecum de l'officier d'infanterie de marine. 1884, 1 vol. in-18. cart. — Husson. Manuel de fortification. 1878, 1 vol. in-18.

1002. Mérimée. Mosaïque.*Paris, H. Foarnier,* 1833, 1 vol. in-8. rel. (Cachet de cabinet de lecture.)

1003. Motet. Notices biographiques. Eloges. *Paris,* 1894, 1 vol. in-18 (papier de Hollande).

1004. Musset (Alfred de). Les deux maîtresses. *Paris,* 1840, Tome I, 1 vol. in-8.

1005. Noel et Chapsal. Nouveau dictionnaire de la langue française. 7e édit. 1839, 1 vol. gr. in-8. rel.

1006. Théâtres de Paris (Les). 5o portraits, par Eustache Lorsay et 5o notices, in-8.

1007. Vitet. Les Barricades. *Paris*. 1826, 1 vol. in-8.

TABLE DES MATIÈRES

Poitiers. — Imp. Blais et Roy, 7, rue Victor-Hugo